KB209725

글, 스타일이 있다

Style is Everything

김병용

글과 말의 본질
스타일(Style)에 대하여

새로운 길을 기대하며

일러두기

- 필자가 강조한 곳은 작은 따옴표(' ')로 표시했다.
- 필자가 인용한 글과 말은 큰 따옴표(" ")로 표시했다.

책머리에

스타일이
있는 사람

흙 속에 저 바람 속에

이어령

'나'를 감추고 산다.

내 말보다는 남의 말을

많이 하고 살았다는 것은

그만큼 자기 주체성이

박약했음을 의미하는 것이다.

이어령, 『흙 속에 저 바람 속에』 (문학사상사, 2002)

스타일이 있는 사람

유튜브, 인스타, 틱톡 시대에 웬 '글쓰기'?

책을 집어 드신 독자님, 환영합니다. 제목을 보고 여기까지 오셨다면 당신은 최소한 '스타일'에 관심이 있으신 분입니다. 추측건데 적어도 남들과 다른 말을 하고 글을 쓰고 싶은 분일 겁니다. 하지만 죄송합니다. 이 책은 단순한 말하기, 글쓰기 지침서가 아닙니다. 이 책은 바로 '나만의 스타일을 찾는 방법'에 관한 책입니다. 그런데 왜 '스타일'이냐고요? 스타일하면 우리는 보통 패션이나 외모를 떠올리지만, 스타일은 나를 나답게 보이게 하는 모든 것입니다. 진짜 스타일은 내 생각, 말, 글 속에 숨어 있습니다. 내가 어떻게 표현하고 전달하느냐에 따라 그 스타일이 나만의 고유한 '브랜드'가 됩니다.

유튜브나 하지 요즘 누가 책 본다고...

요즘 제가 제일 많이 듣는 말입니다. 지하철을 타고 출퇴근을 하다 보면 책 읽는 사람 찾기 쉽지 않습니다. 저조차도 그렇습니다. 주말에 쉴 때 책 한 장 보기는 쉽지 않지만, 넷플릭스 '흑백 요리사' 12편은 하루에 다 볼 수 있더군요. 그런데, 넷플릭스나 유튜브, 틱톡 많이 보는 거랑 말 잘하는 건 별 상관이 없어 보였습니다. 직장 생활과 학업을 하며 학생들이나 취업을 준비하는 분들을 만날 기회가 많습니다. MZ세대, 알파세대로 불리는 '디지털 신인류'들은 숏폼 정도는 척척 만들어냅니다. 그런데 요즘 전 글쓰기나 말하기에 대한 얘기를 할 기회도 많아졌습니다. 책을 쓴다고 하니 누가 그랬습니다. 유튜브나 만들지 요즘 누가 책 본다고...

제가 23년 동안 방송 현장, 취재 현장에서 보고 느낀 것은 단 한 가지입니다. 잘 쓴 글과 매력 있는 말은 상대를 움직이고, 결국엔 나 자신을 변화시킨다는 것입니다. 사람들이 공감하고 잊지 못하는 말은 따로 있습니다. 단순히 잘 전달하기 위해서가 아니라, 그 글과 말 속에 어떤 느낌과 색깔이 담겨 있는지가 중요합니다. 저는 그 '느낌과 색깔'이 바로 스타일이라고 생각합니다.

'~잘하는 법', '~일 만에 고수되기' 류의 책의 함정

독서나 글쓰기에 대한 책은 물론 이른바 '자기계발' 실용서, 무슨 방법을 다룬 책들은 지금까지 한 달에 십여 권씩은 빠뜨리지 않고 사고, 읽고, 또 버려온 것 같습니다. 그런 책들의 공통점이 있었습니다. 읽은 순간은 마치 그만큼 발전한 듯합니다. 어떤 책들은 20가지, 30가지 방법을 알려주기도 합니다. 이것만 하면 고수가 될 수 있다며 한 달에 하나만 실천하라고 하기도 하고, 365일 하루에 하나씩 실천할 수 있도록 체크 리스트까지 그려놓은 책들도 많습니다. 그런데, 기자들은 기사를 쓸 때 이런 얘기를 많이 합니다. 그래서 핵심이 뭐야? 제목 줘봐 제목. 한 줄로 요약하면 뭐야? 그게 제일 어렵습니다. 많이 쓰기는 쉬운데 줄이기가 어렵습니다. 그래서 전 본질을 찾기 위해 다시 버리기 시작했습니다. 그래서 남은 게 S.T.Y.L.E 즉, 스타일입니다.

이제는 '옷 스타일(Style)'이 아닌 '글과 말 스타일(Style)'

이 책을 통해 제가 소개할 스타일(Style)의 다섯 가지 핵심은 누구나 적용할 수 있고, 쉽게 이해할 수 있습니다. 스타일(Style)을 누구나 기억할 수 있도록 영어 단어 'Style'의 이니셜 S.T.Y.L.E.에서 각각 그 핵심을 끌어왔기 때문입니다. 첫 번째는 **'S. 쇼트(Short), 간결하게'**입니다. 간결하고 명확한 표현은 모든 사람에게 기억됩니다. '길게 말하면 지루하고 짧게 말하면 궁금하다'는 그 원리를 직접 느껴보시죠. 두 번째는 **'T. 톤(Tone), 리듬을 살려'**입니다. 톤을 다룰 줄 알면 메시지에 강약이 생기고, 듣는 사람이 무슨 말을 들어야 할지 자연스럽게 알게 됩니다. 세상에서 제일 쉬운 글과 말이 가수가 부르는 노래입니다. 세 번째는 'Y. 유

(You), **상대를 생각하며**'입니다. 내 글과 말이 정작 누구를 대상으로 하는 것인지 글과 말의 대상, 즉 독자와 청중을 생각하는 것이 스타일의 핵심입니다. 나 혼자서 잘난 척하는 말은 결코 오래 남지 않습니다. 네 번째는 'L. **라이브**(Live), **지금 이 순간을**'입니다. 살아 숨 쉬는 표현이야말로 시대와 장소를 넘나드는 힘을 발휘합니다. 마지막으로 '**익스프레시브**(Expressive), **개성있게 표현하는**' 입니다. 간단하게 설명하는 데 그치지 않고, 그림을 그리듯 생동감 있게, 자신만의 개성을 살려 표현할 수 있는 힘이 진짜 스타일입니다.

인플루언서들의 전성시대...
내 글과 말로 만들어내는 나만의 '브랜드'

'스타일이 있는 사람'은 단순히 옷을 잘 입거나 대단한 사람이 아닙니다. 진짜 스타일이 있는 사람은 자신만의 언어로 내 말을 전달하고, 그 글과 말의 여운으로 나를 기억나게 합니다. 그 글과 말을 통해 독창적이고 특별한 이미지를 기억나게 합니다. 이 책이 여러분의 글과 말 속에서 살아 숨 쉬는 스타일을 찾는 데 도움이 됐으면 합니다. 모두가 자신만의 브랜딩을 해야 하는 시대입니다. 똑같은 말이라도 어떤 식으로 표현하느냐에 따라 그 맛은 달라집니다. 이 책을 덮을 때쯤, 내 글쓰기 스타일을 만들어가고 있을 겁니다. 이제, 스타일이 여러분을 완성할 차례입니다. 이 책이 여러분의 스타일을 찾고 더욱 빛나게 해 줄 수 있기를 진심으로 바랍니다.

프롤로그

스타일의 기원

글쓰기의 감각

스티븐 핑커

사람들은 오늘날의 인터넷이,

그러니까 문자 메시지와 트위터가,

이메일과 채팅방이,

영어에 새로운 위협이 되고 있다고 여긴다.

그야 물론 글쓰기의 기술은

스마트폰과 웹이 등장하기 전부터도 쇠퇴해 왔다.

스티븐 핑커, 『글쓰기의 감각』(김명남 번역, 사이언스북스, 2024)

스타일의 기원

스타일(Style)의 기원은 14세기 초로 거슬러 올라갑니다.

14세기 프랑스

14세기는, 1309년부터 70년 가까이 로마 교황이 이탈리아 로마를 떠나 프랑스 아비뇽에 유배되어 갇혀야 했던 '아비뇽 유수 Avignonese Captivity'가 있던 시기였습니다. 교황이 프랑스 왕의 지배를 받던 세기였습니다. 그 결과 하늘 아래 두 개의 태양(두 명의 교황)이 있던 시절도 있었죠. 1337년에 백년전쟁이 시작됐으며 유럽에선 흑사병이 유행했습니다. 14세기 후반 한반도에선 이성계가 위화도 회군으로 고려왕조를 무너뜨렸습니다. 유럽에선 시오노 나나미의 표현대로 신의 대리인이었던 교황의 권위가 떨어졌습니다. 르네상스가 시작되면서 근대가 시작될 조짐을 보이던 시기였습니다.

'스타일(Style)'이란 말은 이때부터 나오기 시작합니다. 14세기 초 프랑스어에서 'Stile'은 필기구, 펜, 글로 쓰인 말을 의미했습니다. 작가가 사용하는 독특한 말과 문장의 표현 방법을 의미하기도 했고, 개인과 사회의 삶, 매너, 행동 약식을 뜻하기도 했습니다.

고대 그리스와 로마

기원을 더 거슬러 올라가면 고대 그리스와 로마 시대에 이르게 됩니다. 그리스인들과 로마인들은 길쭉하고 날카로운 나무와 금속으로 만들어진 펜 모양의 스타일러스(Stilus, 오늘날 스타일의 어원)를 사용해 점토판이나 밀랍이 발린 나무 판인 타불라(Tabula, 오늘날 태블릿의 어원)를 긁고 파내어 글씨를 썼다고 합니다. 로마인들은 이 작은 송곳 모양의 필기도구를 라틴어로 막대기(Stick)라고 불렀고, 점차 라틴어 스타일러스(Stilus)로 정착되었다고 합니다. 때문에 라틴어에서 스타일러스(Stilus)는 뾰족한 물건, 글쓰기 도구, 글쓰기 방식, 표현 방식을 의미합니다.

수메르의 스타일러스와 이집트의 파피루스

기원의 종착점은 기원전 30~20세기에 이르게 됩니다. 당시 메소포타미아 지역의 수메르에서 점토판에 쐐기문자를 기록하는데 스타일러스(Stilus)를 사용했고, 나일강 지역의 이집트에서 파피루스(Papyrus, 오늘날 종이(Paper)의 어원) 식물 줄기를 엮어 종이처럼 만든 두루마리에 문자를 적는데 스타일러스(Stilus)를 사용했다고 합니다.

그림1 BC 2400 이집트 서기관 조각

그림2 BC 1300 이집트 서기관 조각

카이로에 있는 이집트 박물관에는 기원전 2400년 경으로 추정되는 서기관 조각상이 있습니다. 이집트의 고왕국 시대 유물로 주로 무덤에 함께 매장되었다고 박물관 측은 밝히고 있습니다. 이집트 시대에 서기관은 높은 계급에 있었다고 알려져 있습니다. 글을 읽을 수 있는 사람들은 글로 쓰거나 쓰인 단어를 반복함으로써 무언가를 살아있게 할 수 있는 힘을 가지고 있었다고 설명합니다.

기원전 1391년~1353년으로 추정되는 서기관의 조각상(Statuette of a Screbe)에서 우리는 무릎 위에 파피루스 두루마리를 놓고 뭔가를 쓰고 있는 고대 이집트의 서기관을 볼 수 있습니다. 박물관에서는 오른손에 갈대 솔을 잡고 왼손으로 파피루스를 펼치고 있다고 설명하고 있습니다.

그림3 이집트 200 파운드 지폐 그림으로 사용된 이집트 서기관

이집트 사람들의 고대 이집트 서기관에 대한 자부심은 곳곳에서 볼 수 있습니다. 이집트의 200파운드 지폐에서도 역시 같은 자세의 기록하는 서기관을 볼 수 있습니다. 왼손에는 파피루스 오른손에는 갈대로 만들어진 스타일러스입니다.

그림4 BC 2400 왕실 기록 보관소의 수석 서기관

루브르 박물관에 있는 사카라의 무덤에서 나온 '왕실 기록 보관소의 수석 서기관' 벽화는 기원전 2435~2306년경 것으로 추정되고 있습니다. 이러한 유적들은 스타일(Style) 기원의 시작으로 여겨지는 스타일러스(Stilus)의 역사가 얼마나 오래되었는지 생각해보게 합니다. 결국 쓰는 행위의 기원을 거슬러 올라가면 그 시작은 쓸 수 있는 도구인 스타일러스와 쓸 도구(진흙 점토, 가죽, 양피지, 종이 등)라는 것을 알 수 있습니다.

14세기 프랑스부터 현대까지

이처럼 BC2400~BC1300 수메르의 스타일러스와 이집트의 파피루스와 같이 먼 기원을 들 수 있지만, 서두에 말씀드렸던 14세기 초에 사용된 프랑스어 스타일(Stile)은 오늘날 영어 스타일(Style)이 본격적으로 유럽에서 널리 사용된 시작점으로 볼 수 있습니다.

14세기 초 프랑스에서 스타일(Stile)은 꾹꾹 눌러쓰는 '쓰기 도구'라는 의미에서 '글쓰기'를 의미하게 되었습니다. 다음엔 '쓰기 방식'과 '글쓰기나 특정 작가의 표현 방식'을 의미하는 단어로 쓰였고, 이후 글과 연관된 의미로부터 더욱 확장되어 다른 다양한 활동들의 특정한 표현 방식이나 형태를 의미하는 단계까지 변화했습니다.

이후 변화는 더욱 빨라집니다. 1570년대에는 스타일 자체가 '좋은 스타일'을 의미하는 단어로 쓰였고, 1580년대에는 '멋진 외모, 멋진 의복 패션, 멋진 성격'을 의미하게 되어 1807년까지 쓰였다고 합니다. 이제는 스타일이라는 표현 자체가 '좋음, 멋짐, 뛰어남'을 뜻하게 된 것이죠.

2024년 구글(Google)에서 스타일(Style)을 검색해 보겠습니다. 어떤 관련 이미지들이 결과로 나올까요?

구글에서 '스타일'을 입력하면 검색되는 이미지 © google.co.kr

이번에는 챗GPT(ChatGPT-4o)에 스타일을 입력해 보겠습니다.

챗GPT에 '스타일'을 입력하면 생성되는 스타일 이미지 © ChatGPT-4o

Google에서 검색되고 챗GPT에서 생성된 이미지들처럼 스타일(Style)은 19세기부터 오늘날 21세기에 이르기까지 옷이나 패션, 머리 모양 등, 시각적인 개성을 의미하는 단어로 형성되어 왔습니다. 필기구였던 스타일러(Styler)는 이제 특정 전자제품 회사의 의류 관리기 사진이 대부분을 차지하고 있습니다. 간혹 터치 패드의 스타일러나 필기구가 나오기도 합니다.

글의 스타일

글과 말은 시대를 반영합니다. '스타일' 또한 다양한 시대를 반영해왔고, 오늘날 다양한 분야에서 다채로운 의미로 사용되고 있습니다. 저는 그중에서 '글의 스타일'을 얘기하려 합니다. 스타일이 있는 말과 스타일이 없는 말, 스타일을 살린 글과 스타일이 죽은 글에 대해 얘기하려 합니다. 14세기 이후 스타일이 쓰인 어원 그대로 스타일을 쪼개고 분석해보겠습니다. 제가 정의한 스타일은 이럴 때 있습니다.

쇼트(Short), 간결하게 : 글과 말을 길게 말하지 않는다.

톤(Tone), 리듬을 살려 : 17세기 '말하는 방식, 감정을 표현하기 위한 음성의 변조, 억양' '태도를 드러내는 말이나 글의 스타일'을 Tone이라고 했습니다.

유(You), 상대를 생각하며 : 혼자 있을 때는 스타일을 생각하지 않습니다. 스타일이 있는 건 상대가 있기 때문입니다.

라이브(Live), 지금 이 순간을 : 글과 말이 살아 숨 쉬는 건 스타일이 있기 때문입니다. 때와 장소를 넘어, 시대와 시기를 가리지 않고 살아 숨 쉬는 글과 말의 공통점은 스타일이 있습니다.

익스프레시브(Expressive), 개성있게 표현하는 : 14세기 후반 '말로 표현하다', '자신의 생각을 표현하다', '대표하다', '묘사하다', '감정을 표현하는 행동', '말로 표현하는 행동'을 뜻했던 이 말은 스타일에도 적용됩니다.

우리의 삶은 스타일의 연속입니다. 무엇을 먹고, 마시고, 어떤 집에서 살고, 어떤 옷을 입고, 어떤 음악을 들을지 하나같이 우린 스타일이란 단어를 통해 얘기합니다. 이처럼 스타일은 오늘날 우리에게 익숙하고 광범위한 의미로 사용되고 있습니다.

그럼에도 불구하고 스타일은 다양한 분야에서 '뛰어난 본질을 지닌 양식'이라는 공통된 의미로 사용되고 있습니다.

이 책은 글과 말에서 뛰어난 본질을 지닌 양식, '글의 스타일'을

내가 다른 사람에게 다가가는 방법

Style : Five ways to approach others

내 생각을 표현할 때 실패하지 않는 방법

Style : Five ways to reveal myself without failing

당신에게 오해 없이 다가가는 유일한 방법

Style : The only way to reach You without misunderstanding.

나의 참모습을 당신에게 제대로 드러내는 방법

Style : How to reveal my true self to You properly

나를 가장 잘 표현하는 본질적인 방법

Style : The most essential way to express my true self.

스타일 속에서 찾고자 합니다.

'글의 스타일'을 '스타일(S.T.Y.L.E. 5개의 본질)' 속에서 찾는 것. 그것이 이 책의 핵심이 될 것입니다.

STYLE

STYLE

S　Short

Part 2　스타일의 기본

T　Tone

Part 3　스타일에 힘주기

STYLE

Y　You

Part 4　스타일의 핵심

L　Live

Part 5　스타일에 날개 달기

STYLE

E **Expressive**

Part 6 스타일로 차별화하기

Part 7 스타일의 마무리

Part 1

옷 잘 입는 것만
스타일이 아니다

STYLE

STYLE

스타일 성공과 실패에 따른 반응

실패			나	스타일 (Style)	나	성공		
결과	2차	1차				1차	2차	결과
기억나지 않는다	이해가 어렵다	말을 놓친다	길게	Short	짧게	알아듣다	이해가 쉽다	기억한다
	몰입하지 못한다	핵심을 모른다	단조롭게	Tone	톤을 살려서	핵심을 안다	몰입한다	
	남의 얘기일 뿐이다	감정이입이 안된다	나 혼자	You	상대에게	감정이입이 된다	내 얘기로 생각한다	
	지금 와닿지 않는다	실감 나지 않는다	살아있지 않은	Live	지금 이 순간	살아 숨 쉰다	생생하다	
	지루하다	어렵다	설명한다	Expressive	보여준다	그려진다	지루하지 않다	

← 독자 · 시청자 반응 1차 ⇒ 2차 ⇒ 결과 →

1.

글과 말에도
스타일이 있다

On Writing

스티븐 킹

날마다 영상 매체에 넋을 빼앗기기 전에

읽기와 쓰기를 먼저 배웠던

미국의 마지막 소설가들 중 한 명인 것은 행운이다.

스티븐 킹, 『On Writing』 (Charles Scribner's Sons, 2000)

1. 글과 말에도 스타일이 있다

스타일의 정의를 찾아봤습니다.

스타일(Style) : 1. 복식이나 모양 2. 일정한 방식 3. 문학 작품에서, 작가의 개성을 드러낼 수 있는 형식이나 구성의 특질 『표준국어대사전』(국립국어원, 2024)

단언컨대 글과 말 잘하기의 핵심은 스타일(Style)입니다. '스타일이 있다. 스타일이 멋있다.'고 할 때 바로 그 스타일입니다. '스타일난다'라는 브랜드도 있죠. '스타일이 좋다. 스타일이 어때? 스타일 별로인데.' 등 스타일이라는 말을 많이 쓰고 있는데, 이때 스타일은 도대체 뭘 의미할까요?

사람들은 저마다 개성을 가지고 있습니다. 홍길동을 홍길동이게 하는 것은 무엇일까요? 이름은 사실 아무것도 아닙니다. 이름을 말했을 때 머릿속에 떠오르는 홍길동의 '홍길동다움'이 바로 개성이자 본질입니다. 그 사람을 결정짓는 것은 외모나 생김새만큼이나 다양한 특징들이 있죠. 말이나 목소리가 떠오를 수도 있고 외모가 먼저 연상될 수도 있습니다. 흔히 스타일이라고 합니다. '그 사람 스타일이 참 괜찮다.'고 한다면 이 스타일은 무엇을 의미하는 것일까요?

영어 스타일(Style)은 참 재미있는 단어입니다. 앞서 살펴본 것처럼 스타일(Style)의 어원은 14세기 초 프랑스어 스타일(Stile)로 거슬러 올라갑니다. 글 쓰는 도구인 펜을 의미하기도 하고, 저자의 표현 방식을 의미하기도 합니다.

제가 좋아하는 작가 가운데 저자의 표현방식에 대한 스타일을 제대로 분석한 두 사람이 있습니다. 바로 원로 학자이자 작가, 우리말의 마술사인 고 이어령 선생과 로마와 이탈리아와 관련된 저술과 책으로 유명한 작가 시오노 나나미입니다.

이어령의 '스타일' vs 시오노 나나미의 '스타일'

고 이어령 선생은 '멋'과 '스타일'에 대해 이런 얘기를 한 적이 있습니다. 우리는 흔히 멋있는 사람을 보면 '스타일이 멋지다'라고 얘기합니다. 하지만 의미는 정반대라는 겁니다. 영어 단어인 스타일(Style)은 어원의 의미대로 날카로운 것으로 꾹꾹 눌러쓰는 것처럼 격식화이고 일정한 법칙, 특정한 양식과 질서를 의미합니다. 반면, 멋은 일정한 격식, 특정한 경향, 일반적인 질서와 규칙을 깨뜨리는 것을 말합니다. 멋있는 사람은 남들과 같은 옷을 입거나 따라

가지 않는다는 얘기입니다. 결국 멋있는 사람은 스타일을 갖추지 않고, 스타일을 따라가지 않는 사람이라는 것이 이어령 선생의 정의입니다. 무심코 쓰는 우리말에 허를 찌르는 분석입니다.

다음은 시오노 나나미입니다. 작가는 '스타일'을 이렇게 정의했습니다. 그리스 태생의 작가가 쓴 스타일 정의를 인용했는데요. "누구도 모르지만 누가 봐도 그런 줄 아는 것이 스타일"이라고 얘기합니다. 여기에 더해 시오노 나나미는 그 사람의 배경이나 도덕성, 상식에서 자유로운 인간적이고 멋있는 사람을 스타일이 있다고 정의합니다. 이 정의도 재미있습니다. 그 사람의 배경을 보면 대충 이런 사람이겠지라고 생각되는 예상을 깨는 것을 스타일로 봤습니다. 시오노 나나미, 『남자들에게』(2판, 이현진 번역, 한길사, 2002)

두 작가 모두 스타일을 뭔가를 깨는 것으로 정의했습니다. 다만, 한 사람은 스타일을 갖추지 않을 때 멋이 나온다고 했고, 한 사람은 스타일이 있을 때 멋이 나온다고 본 것이죠. 저는 말하고 글쓰기에서 스타일이 있는 경우를 이렇게 봅니다.

STYLE

S : Short

쇼트(Short), 간결하게. 먼저 짧습니다. 말 잘하는 사람의 문장은 간결하고 힘이 있습니다. 전하려는 메시지가 간결하면 상대방이 이해할 수 있는 가능성이 그만큼 더 커집니다. 중언부언하지 않습니다. 말하기가 어려울 때는 짧게 말하면 됩니다. 여기서 짧음은 말의 내용의 짧음이 아니라 말을 시작과 맺음을 반복해 끊어가는 문장의 짧음입니다. 그럴 때 듣는 사람은 이해하기가 쉬워집니다.

T : Tone

톤(Tone), 리듬을 살려. 톤은 말 그대로 어조나 말투를 의미합니다. 노래가 멜로디와 리듬이 있는 것처럼 말을 할 때도 강약이 중요합니다. 요즘에는 톤 앤 매너(Tone and manner)라는 말도 많이 씁니다. 직역하면 어조와 태도라고 볼 수 있는데, 뭔가를 만들어낼 때 중시하는 요소이자 원칙입니다. 분위기를 구성하는 모든 게 나타내려는 주제에 맞게 일관돼야 한다는 것이죠. 브랜드나 디자인 전반에 두루 쓰입니다. 콘텐츠를 제작할 때도 톤 앤 매너가 중요합니다. 가령 유튜브 동영상을 제작할 때는 동영상 전체를 한 컷에 보여주는 제목인 썸네일 화면이 중요한데요, 썸네일을 만들 때도 화면과 자막은 물론 앞으로 보여줄 동영상과의 톤 앤 매너가 전체 분위기를 좌우합니다.

말을 할 때 '톤 앤 매너'는 그 사람을 기억하게 만드는 정체성입니다. 잘 들리는 말은 리듬이 있습니다. 리듬은 내용의 반복과 정리로 드러납니다. 단락은 첫째, 둘째, 셋째 등으로 끊어지고 중요한 내용은 반복됩니다. 힘을 주어야 할 때 힘을 주고, 나머지는 물 흐르듯이 흘러갑니다. 타인들은 상대방의 말을 다 기억하지 못합니다. 중간 내용은 흘려버리기 쉽습니다. 톤의 변화를 통해 이 부분은 흘리지 말고 잘 들으라고 상대방에게 알려줘야 합니다.

Y : You

유(You), 상대를 생각하며. 누군가에게 하는 말과 개인적인 일기의 차이점은 끊임없이 듣는 사람을 항상 생각해야 한다는 겁니다. 글이 불특정 다수를 상대로 써진다면 말은 좀 더 세분화된 구체적인 청중을 대상으로 합니다. 듣는 대상을 명확하게 할 때 말은 더욱 설득력이 있게 됩니다. 20~30대를 대상으로 한 말과 50~60대를 대상으로 한 말이 같을 수는 없습니다.

말을 듣는 대상이 중요한 이유는 상대방이 내 말을 그럴듯하게 느껴야 하기 때문입니다. 제목이 그럴듯해야 하고 내용이 그럴듯해야 합니다. '그럴듯함'은 영어로 'plausibility'라고 씁니다. 상대방이 내 말을 믿는다는 얘기입니다. 실제 사실 여부는 그다음입니다. 상대방이 내 말을 믿을 수 있게 하는 것은 진실만을 얘기하는 것으로 충분하지 않습니다. 듣는 사람에게 내 얘기 같아야 하고, 내 이웃의 얘기처럼 느껴지게 해야 합니다. 가령 기자들은 뉴스를 전달할 때 사례를 찾기 위해 고민합니다. 많은 뉴스가 "직장인 김 모 씨는, 주부 이모 씨는, 대학생 박모 씨는, 식당을 운영하는 최모 씨는" 등으로 시작하는 것은 바로 그 때문입니다. 쇼호스트들이 가족이나 주변 지인들의 사례를 인용하는 것은 그만큼 말을 듣는 시청자(You)를 염두에 두고 있기 때문입니다.

L : Live

라이브(Live), 지금 이 순간을. 스타일이 있는 글과 말은 살아 숨 쉽니다. 생동감이 있습니다. 생방송이라고 해서 모두 살아있는 글과 말이 아닙니다. 누군가가 지금 내 앞에서 떠들고 있는데 잘 안 들릴 때가 있습니다. 분명 쓴 지 얼마 되지 않은 글인데 수십 수백 년 전의 고전만 못한 글이 많습니다. 왜 그럴까요?

살아있는 글과 말은 그걸 보고 듣는 사람에게 시기와 맥락이 통하기 때문입니다. 우리 주변의 얘기를 일화와 비유를 곁들여 스토리텔링을 하기 때문입니다. 그래서 반짝 뜨고 이내 사라지는 베스트셀러보다는 스테디셀러가 훨씬 어렵습니다. 스테디셀러의 가장 최상단에 있다고 볼 수 있는 고전은 현재까지 살아 숨 쉬는 글입니다. 유행을 넘어, 세대를 연결하고, 동시대인들에게 두루 공감대를 얻기 위해서는 일단 글과 말이 살아있어야 합니다. 사라진 것들과 살아남은 것들의 차이는 의외로 간단한 것에 있습니다.

E : Expressive

익스프레시브(Expressive), 개성있게 표현하는. 사실 표현력은 부수적인 것이라고 볼 수 있습니다. 명문장과 명연설은 미사여

구에서 나오는 것이 아니라 오히려 담백함에서 나오기 때문입니다. 독창성은 새로운 법칙이나 말을 늘어놓는 것이 아니라 의외로 익숙한 것에서 두드러집니다. 누구나 알고 있는 것을 다르게 보기 때문입니다.

사람들은 언제 가장 주의를 기울일까요? 독창적인 것, 즉 새로운 것을 접할 때입니다. 창작 활동을 할 때도 유명한 '7대 3의 법칙'이라는 것이 있습니다. 7은 익숙한 것이고, 3은 새로운 것입니다. 제가 잊지 않으려고 하는 일종의 황금률입니다. 게임을 만들 때도 시나리오를 쓸 때도 이와 같은 원칙은 같이 적용된다고 합니다. 사람들이 '새롭다'라고 느낄 때는 보편적인 것 7에 참신함 3을 더할 때라고 합니다. 말하자면 익숙한 것이 절반 이상이 돼야 하고 나머지 부분에 익숙하지 않은 참신한 것이 자리 잡아야 한다는 얘기입니다.

글을 쓸 때와 말을 할 때도 마찬가지입니다. 모두가 아는 익숙한 내용만 10을 얘기한다면 진부합니다. 반면, 새로운 것만을 10을 얘기한다면 이상하고 생소한 얘기가 됩니다. 아무도 이해하지 못할 것입니다. 방송 콘텐츠라면 채널이 돌아가고, 강연이라면 청중의 몸은 가까이 있지만 마음은 아직 먼 곳에 있게 됩니다.

과거 우리 선조들도 이런 문제를 이미 얘기했습니다. 조선시대 후기 글쓰기 천재들인 박지원, 이덕무의 글에도 7대 3의 법칙을 두고 고민하고 논쟁한 흔적이 그대로 나옵니다. 이덕무의 '의고와 창신' 박지원의 '법고창신' 조선의 임금 정조의 '문체반정' 기록과 얘기를 보면 감탄사가 나옵니다. 오늘날 지금 이 순간의 글과 말 생활에 대입해도 전혀 어색하지 않습니다. 수백 년 전 명문장가의 문체와 말투는 분명 오늘날과 다르지만 근본은 바뀌지 않았습니다.

말하기, 글쓰기에서 스타일은 구체적으로 어떻게 살릴 수 있을까요?

2.

코카콜라로 배우는 스타일의 중요성

소단적치인(騷壇赤幟引)

연암 박지원

글을 잘 짓는 자는 병법을 안다고 할 수 있다.

글자를 묶어 구절이 되고,

구절을 엮어 문장을 이루는 것은

부대의 대오 행진과 같다.

글에 리듬을 얹고 표현을 매끄럽게 하는 것은

나팔이나 북, 깃발과 같다.

연암 박지원, 『소단적치인(騷壇赤幟引)』
(신호열, 김명호 번역, 연암집 제1권 - 연상각선본, 돌베게, 2007)

우수한 과거 시험 명문장을 엮은 벗 이중존의 책 '소단적치'에 써준
서문으로 글짓기를 병법에 비유한 탁월한 분석.

2. 코카콜라로 배우는 스타일의 중요성

콜라 얘기를 해볼까 합니다.

전 가끔 프랜차이즈 샌드위치 가게를 갑니다. 회사 앞에도 있습니다. 주문 시작과 동시에 내가 뭘 먹고, 뭘 안 먹을지, 뭘 넣고, 뭘 안 넣을지에 대해 끊임없이 말해야 하는 그곳이 사실 예전에는 싫었습니다. 먹는 것에 그렇게 많은 옵션이 있다는 것도, 그걸 내 취향으로 얘기해야 하는 것도 귀찮았습니다. 선택의 여지가 없었으면 잘 고르지 않았을 호밀빵을 괜히 건강을 생각해서 고르게 되고, 그냥 넣어줬으면 다 먹었을 채소를 취사선택하게 됐습니다. 하지만, 언제부턴가 그게 마음에 들었습니다. 패스트푸드를 먹지만 나름 몸에 좋은 것을 골라 먹고 있다는 일종의 보상 심리가 작용했습니다. 다만, 그곳엔 없는 게 있었습니다. 코카콜라.

개인적으론 펩시에 대한 감정은 없습니다. 단지, 코카콜라가 없고 펩시만 있는 패스트푸드점이나 식당에선 한 번 더 생각하게 됩니다. 이곳은 왜 코카콜라 대신 펩시를 선택했을까? 워렌버핏이 평생 함께할 주식으로 좋아하는 코카콜라는 많은 생각을 하게 만듭니다. 글을 쓰거나 말을 할 때도 코카콜라처럼 해야 한다는 게 제 생각입니다. 지금부터는 평소에 적어뒀던 몇 가지 이유입니다.

세계에서 애플, 나이키와 함께 브랜드 파워 1위를 다투는 상품이 있습니다. 코카콜라. 하루에 몇 병이 팔린다는 코카콜라를 둘러싼 다양한 연구와 심리학이 있습니다. 사람들이 그만큼 관심을 가진다는 얘기죠. 글을 쓰거나 말을 할 때 코카콜라를 인용하면 사람들의 관심은 물론 좋은 설득 소재가 됩니다.

블라인드 테스트(Blind Test)에서 이겼던 펩시... 왜?

코카콜라의 소비는 단지 맛이 전부가 아닙니다. 심리가 영향을 미친다는 좋은 사례입니다. 상표를 보고 이미 뇌가 먼저 반응을 한다는 주장인데, 주로 블라인드 테스트라는게 이용됩니다. 코카콜라에 가려 만년 2위에 머무르고 있는 펩시와 코카콜라의 블라인드 대결에서는 누가 승자일까요? 눈을 가리고 블라인드 테스트를 하면 의외로 펩시의 맛이 낫다고 선택하는 소비자들이 많다고 합니다. 블라인드 테스트에서는 순수한 맛을 구별하기 위해 미각이 먼저 움직이지만 눈으로 상표를 보고 맛을 구별할 때는 기억을 관장하는 뇌가 먼저 움직이거나 적어도 상당한 영향을 미친다는 연구입니다. 결국 시각과 미각의 대결은 다른 결과를 낳을 수도 있다는 걸 보여줍니다.

펩시 따라 단맛 도입했던 코카콜라... 왜?

과거 뉴코크(New-Coke)의 개발과 관련된 또 다른 사례입니다. 코카콜라의 실수는 펩시의 단맛을 도입하는 과정에서 나왔습니다.

1985년 코카콜라는 거의 100년을 지켜온 레시피를 바꿉니다. 코카콜라의 전통적인 제조방식을 버리고 단맛을 가미한 뉴코크가 출시됐습니다. 블라인드 테스트에서는 뉴코크를 선호한 경우가 절반 내외로 나왔습니다. 뉴코크 라벨을 보여줬을 때는 기존 클래식보다 더 선호하기도 했습니다. 새로운 것은 희소한 것이었습니다. 결국 맛의 유의미한 차이가 없었지만 실제 뉴코크가 출시되자 대중은 옛 것을 선호했습니다. 뉴코크 출시 100일도 안돼 코카콜라는 손을 들었습니다. 코카콜라 클래식은 다시 돌아왔습니다. 코카콜라는 스타일이었고, 유행이 아니었으며, 더 리얼 씽(The Real Thing), 절대적이고 독창적인 원조였습니다.

익숙한 것에 대한 애착과 옛것을 더 선호하는 이 같은 현상을 로버트 치알디니 교수는 『설득의 심리학』에서 희소성의 법칙으로 설명합니다. 사람들은 구하기 힘든 것을 좋아한다는 의미입니다. 한정판에 소비자들이 왜 열광하는지 이해가 됩니다.

블라인드 테스트와 실험실이 위험한 이유... 왜?

실험실의 착각이자 오류로 이른바 '블라인드 테스트 오류'라는 것이 있습니다. 블라인드 테스트에서 소비 행위와 실제 코카콜라는 마시는 환경이 다르다는 것인데 꽤 일리가 있습니다. 보통 시음회를 하면 사람들은 천천히 한 모금을 마시고 맛의 차이를 구별하기 위해 조용히 자세히 음미합니다. 한 모금 테스트(sip test)인데 사람들은 적은 맛의 차이를 구별하고 이 경우 달콤한 맛을 선호하는 경향이 있다고 합니다.

또 다른 것은 중심가 테스트라는 CLT(Central Location Test)입니다. 보통 길에서 시음회를 하게 되면 사람들이 남의 눈을 의식하면서 한 모금 맛보고 바로 선택을 하는 경우가 많습니다. 반면, 실생활은 전혀 다르죠. 집에서 소파에 기대 피자, 치킨과 즐기기도 합니다. 뜨거운 여름이나 갈증이 날 경우 야외에서 벌컥벌컥 마시는 경우도 많습니다. 다양한 음식과 함께 어울리는 것을 찾기도 합니다. 느끼하고 기름진 음식을 먹은 뒤를 상상해 보시죠. 평소에 탄산음료를 잘 마시지 않던 사람들도 콜라 한 잔 생각날 때가 있습니다. 벌컥벌컥 마실 때 사람들이 선호하는 단맛과 청량감은 시음회와는 다를 수 있다는 걸 보여줍니다. 실험과 실제 환경의 차이를 잘 지적한 주장입니다.

STYLE

글과 말도 다르지 않습니다. 혼잣말이나 일기는 여러 사람 사이에서의 대화나 강연, 연설과 다르죠. 환경이 다르고 분위기가 다르고 사람들의 반응도 다릅니다. 한 번의 연습이 곧바로 성공으로 이어질 거라고 믿는 사람은 없습니다. 전문가들의 조언이나 널리 알려진 사람들의 말, 권위 있는 집단의 주장이라고 해서 내 경우에 맞다는 보장은 더욱 없습니다.

내가 말하고 글을 쓸 때 그대로 인용하고 내 주장을 펼친다면 공격을 당하거나 외면을 당하기 쉽습니다. 상대방은 막연하게 그럴듯하다고 내게 완전히 넘어오지 않습니다. 전문가나 권위 있는 집단의 의견이나 우리 주변의 일상 공간과 다른 곳에서의 실시한 연구는 오류에 빠질 수 있음을 코카콜라 사례를 통해 배우고 또 사람들에게 얘기합니다.

그래도 현실에서 전 코카콜라만을 고집하지는 않습니다. 코카콜라만큼의 '쨍한' 청량감은 없고, 강한 '단맛'도 싫지만, 느끼한 패스트푸드를 먹을 때, 먹고 난 뒤에 다른 음료를 선택했을 때의 기회비용은 너무 큽니다. 비록 '아무' 콜라일지라도 그 한 모금이 나에게 가져다줄 한계효용과 비교해 콜라를 마시지 않았을 때 제가 느낄 후회는 비교할 수 없이 크기 때문입니다.

2등의 존재가 1등을 더욱 빛나게 합니다. 해보지 않은 사람들만 등수에 집착합니다.

3.

스타일은 왜 구겨지는가

나는 말하듯이 쓴다

강원국

내 말과 글이 나인데,

말하고 쓰지 않으면 누가 나를 알겠는가.

누구나 말하고 쓸 때 가장 자기답다.

강원국, 『나는 말하듯이 쓴다』 (위즈덤하우스, 2020)

3. 스타일은 왜 구겨지는가

스타일을 또 구겼습니다.

Scene 1. 더위가 싫은 이유

더위를 많이 타는 사람들에게 여름, 더운 곳, 뜨거운 음식, 빨리 걷기, 운동 등은 그야말로 죽음입니다. 공통점은 단 하나입니다. 바로 땀. 땀은 체온 조절을 위해 땀샘에서 분비되는 액체입니다. 인체를 위해 가장 중요한 몸 운동 신진대사의 하나로 나를 살게 해주는 것입니다.

그러나, 역설적으로 땀은 스타일을 구기게 하는 대표적인 신체 활동입니다. 땀은 옷을 젖게 합니다. 이른바 겨땀(겨드랑이에서 나오는 땀) 앞에 영국 신사는 없습니다. 땀은 애써 살린 머리 스타일을 한순간에 망가뜨리기도 합니다. 땀 앞에 스타일은 없습니다.

제 스타일은 또 구겨졌습니다.

Scene 2. 어느 발표 날

원고를 준비하고 발표를 위한 PT 준비에 며칠을 보냈습니다. PT는 동영상 플레이가 가능하도록 중간중간에 URL 링크도 걸었습니다. 요즘은 텍스트 기반의 발표보다는 화면과 영상을 준비하는 게 보는 사람들의 이해도 돕고 피드백도 좋습니다. 발표가 시작됐습니다. 전 PT를 켰습니다. 예상과 달리 동영상 플레이가 되지 않았습니다. 링크가 잘못됐기 보다는 발표 장소에 준비된 PC와 외부 링크 플레이 환경이 내가 평소에 쓰던 노트북의 환경과 달랐기 때문이었습니다. 준비된 동영상이 플레이되지 않으니 제 말은 더 많아졌습니다.

노트북으로 보던 PPT의 슬라이드쇼는 실제 발표 현장에서 생각보다 해상도가 낮았고, 글자의 가독성은 더 떨어졌습니다. 그래도 포기할 수는 없습니다. 발표자의 역량으로 예상 밖의 변수를 극복하는 수밖에 없었습니다. 시간은 생각보다 많이 흘렀고, 발표는 그렇게 끝났습니다. 준비한 것의 50%도 제대로 하지 못했습니다. 전 스타일을 구겼습니다.

우리를 발목 잡는 건 스타일 (Style)

김익한은 『거인의 노트』에서 생각의 중심을 '라이프 스타일'

이라고 말했습니다. 이를 다시 아들러의 철학을 빌어 '하나의 가치관'이라고 말합니다. 이 가치관은 어떤 것을 보고 '좋다. 싫다.' 등의 느낌을 갖게 하고, 어떤 사람과 대화를 나누면서 생각을 하게 만듭니다. '라이프 스타일'은 나의 말투를 만들고, 내가 입는 옷을 결정하고, 내가 사는 집의 내부를 결정합니다. 솔직히 집 외부와 위치는 경제적인 영역이라 내 의지대로 할 수 있는 '라이프 스타일'을 넘어선 능력 밖의 영역입니다. 슬프게도...

여기 두 사람이 대화를 하고 있습니다. 대화는 각자의 라이프 스타일에 의해 듣는 사람의 가치관으로 각색되고 있습니다. 같은 자리에 있었던 두 사람은 각자의 에피소드를 간직하고 자리를 뜹니다. 마찬가지입니다. 내가 얘기를 할 때 내 머릿속에 있는 그림이 듣는 사람의 그림과 다른 이유입니다. 같은 영화를 봐도 관객들의 마음속에 그려진 그림이 서로 다른 건 그 때문입니다.

결국 스타일을 구기는 것은 내 가치관과 다르게 뭔가가 표출되고 만들어진 탓입니다. 내 의지가 아닌 타의로. 하지만, 잘 생각해 보면 스타일을 구기는 것은 내 탓 때문일 가능성이 더 많습니다. 적어도 말을 하거나 글을 쓸 때는...

말을 하고 글을 쓸 때 스타일을 구기지 않으려면 준비가 필요합니다. 장을 봐야 음식을 할 수 있습니다. 좋은 재료가 없이 맛있는 음식을 하려면 그건 일종의 사기입니다. 누군가 말했습니다. 값싸고 질 좋고 맛있는 고기는 없다고. 어느 교수에게 물어봤습니다. 교수가 되면 강의나 PT를 할 일이 너무도 많은데 어떻게 해야 할까요? 특히 발표자에게 주어진 시간을 지키는 것이 제일 중요한데

이건 어떻게 잘할 수 있을까요? 답은 너무도 간단했습니다.

"준비를 많이 해야 합니다."

내가 말하고자 하는 바를 대략 메모해 두고 연습하는 수밖에 없다는 거죠. 에피소드를 말하고 시간배분을 하고 상대방의 반응을 살피고, 내 생각과 달리 어떤 부분에서 예상외로 듣는 사람의 반응이 별로라면 그 부분은 짧게 언급하거나 아예 날리는 임기응변도 미리 사전에 준비해야 합니다.

STYLE

만약, 준비가 부족하다면? 일단 짧아야(Short) 합니다. 내가 하는 말의 전체 시간도 짧아야 하지만 내가 구사하는 문장도 짧아야 합니다. 중언부언, '했던 말 또 하기'는 반드시 피해야 합니다. 만약 내가 말을 하고 있는데 상대방이 휴대폰을 보고 있다면 두 가지 상황입니다. 내 얘기가 재미없거나, 너무 재미있어서 다음 약속 시간을 보거나... 하지만 후자의 가능성은 낮다고 봐야 합니다.

다음으로는, 톤(Tone)을 살려야 합니다. 일단 말을 할 때는 내 얘기를 3가지(첫째, 둘째, 셋째)로 요약해서 순서대로 얘기해 보는 것입니다. 내가 하고 싶은 메시지를 딱 3개만 말하는 겁니다. 그 3

개의 메시지 사이에는 충분히 포즈를 두는 게 좋습니다.

이것이 바로 상대방(You)에 대한 배려이자 핵심을 살리는 비결입니다.

내 경험이든 타인의 얘기든 예를 들 때는 생생하고(Live) 개성 있는 묘사(Expressive)가 좋습니다. 듣는 사람이 지루해하지 않고 길을 잃지도 않게 됩니다. TV나 유튜브에서 활동하는 유명한 역사 강의 학자들을 떠올려 볼까요. 역사의 현장이나 인물이 그들의 생생하고 개성있는 묘사를 통해 내 앞에 나타난 듯 재연됩니다. 그들의 글과 말이 먹히는 이유입니다.

이제부터 스타일(Style)이 살아납니다.

Part 2

Short

스타일의 기본

STYLE

STYLE

실패			나	스타일 (Style)	나	성공		
결과	2차	1차				1차	2차	결과
기억나지 않는다	이해가 어렵다	말을 놓친다	길게	Short	짧게	알아듣다	이해가 쉽다	기억한다

 독자 · 시청자 반응 1차 ⇒ 2차 ⇒ 결과 

스타일을 살린다 → 짧게 쓴다. 끊어서 쓴다. 단순하게 쓴다. 주어+서술어로 쓴다. 한 문장의 메시지를 줄인다.

스타일을 살리지 못한다 → 길게 쓴다. 문장을 끊지 않는다. 문장을 연결해서 쓴다. 한 문장에 메시지를 많이 담는다.

4.

끊으면
통한다

내가 생각한 인생이 아니야

류시화

글은 단순하게 쓰는 일이 가장 어렵다.

많은 말을 하는 사람은 그것을 깊이 경험하지 않았거나

말을 꾸며 내는 것일 가능성이 크다.

말을 하지만 의미 없는 말과

의미는 있지만 말할 수 없는 말이 있다.

류시화, 『내가 생각한 인생이 아니야』 (수오서재, 2023)

4. 끊으면 통한다

Short : 짧게

글은 짧게 써야 한다는 책이 요즘 많습니다. 여기서 짧음은 글 전체의 길이가 아니라 문장의 길이입니다. 사람들은 의외로 상대방이 말을 할 때 그 내용을 첫째, 제대로 따라가지 못하고, 둘째, 제대로 기억하지 못하기 때문입니다. 대화를 나누거나 얘기를 들을 때 내 머릿속에서는 나만의 경험에 따라 재구성이 이뤄지고, 그 뒤에 비로소 내가 상대방의 의견에 공감하거나 아니면 거부하는 프로세스를 거치게 됩니다. 유튜브를 볼 때마다 느끼는 최악의 콘텐츠 마무리는 동영상을 보고 난 뒤 나의 느낌이 정리되기도 전에 '구독 좋아요'를 눌러달라고 그분들이 강요하는 거라고 생각됩니다. 감정 강요 행위. 그 과정은 글을 읽거나 말을 들을 때도 비슷하게 이뤄집니다. 짧을수록 좋다는 건 아래와 같은 이유 때문입니다.

작가 김훈의 글은 명료합니다

글이 명료하기에 김훈을 통해 읽는 이순신 『칼의 노래』는 힘이 있습니다. 김훈이 전하는 가야금 얘기 『현의 노래』는 더욱 애절하고 살아 숨 쉬고 있습니다. 『남한산성』에서 조선을 침범했던 청나라군이 왜 오랑캐로 불렸는지... 무기력한 임금과 양극단을 달리는 당시 신하들의 갈등이 눈앞에 그려지는 건 김훈이 전하는 글의 짧고 굵은 호흡 때문입니다. 그래서 김훈의 글은 장편이라도 단편처럼 읽힙니다. 오해가 없고, 재미있습니다.

20년 넘게 남들이 쓴 글이 오롯이 책으로 나올 수 있게 만드는 작업을 해서 '교정의 달인'이라고 불리는 교정가이자 작가 김정선은 김훈에 대해 "접속사나 지시어조차 남발하지 않아 더욱 힘이 있다."고 말합니다. 접속사나 지시어 '~이 ~가'의 남발을 '샷된' 것이라 지칭합니다. '샷되다'는 말은 바르지 못하고 나쁘다는 의미입니다. 주어 하나에 서술어 하나 원칙을 지키는 김훈의 글은 바른 길을 가는 단문 쓰기의 교본입니다.

방송 뉴스는 문장이 짧습니다. TV는 글을 읽는 게 아니라 화면을 눈으로 보면서, 말을 귀로 듣는 매체이기 때문입니다. 방송기자로 입사하면 수습 기간에 선배들로부터 처음 배우는 제1 원칙은 "중학생이 들어도 이해할 수 있게 쉽게 쓰라."입니다. 그게 어려우면 일단 짧게 쓰라고 배웠습니다. 짧게 쓰면 쓰는 사람이나 듣는 사람이 길을 잃고 헤맬 가능성은 적어집니다.

그럼에도 방송 기자로서 뭔가 있어 보여야 한다는 중압감은 주어와 맞지 않는 서술어, 무슨 말인지 모르는 비문, 용두사미 같은 문장을 계속해서 만들어내고, 이런 문장들이 모여 완성된 뉴스 원고는 내가 읽어도 모르고, 원고는 싸인내야 하는 고참 데스크가 읽어도 무슨 말인지 알 수 없는 그래서, 당초 전달하려는 목적과는 달리 산으로 가기 일쑤였습니다. (→ 이 문장은 짧게 쓰는 원칙과 정반대로 써봤습니다. 쓰는 사람도 읽는 사람도 호흡이 가빠집니다.) 제1원칙, 중학생이 이해할 수 있는 문장은 일단 짧아야 합니다.

Simple : **단순하게**

교정자이자 작가인 김정선은 『열문장 쓰는 법』에서 최근 출판의 트렌드는 짧게 쓰기에 있다고 말합니다. 전문적인 작가나 책을 완성하는 편집자 모두 짧게 쓰라는 현상에 대해 '단문교'라는 종교 단체와 같다며 '글쓰기 = 단문 = 짧게 쓰기'가 공식처럼 되고 있다고 지적합니다. 맞는 말입니다.

다만 김정선이 우려하는 대목은 설령 짧게 쓰기가 맞다고 하더라도 글을 쓸 재주가 부족한 사람이 무턱대고 처음부터 짧게 쓰기는 쉽지 않습니다. 글을 처음 쓰는 사람이 김훈처럼 쓸 수 있을까. 설령 쓴다고 하더라도 짧게 나눠져 있는 문장의 흐름을 이어가기 위해 '그리고, 그래서, 그런데'가 남발되고 '지시어'는 툭툭 튀어나오며 같은 말을 반복하는 '동어반복, 중언부언'만 남게 됩니

다. 전적으로 동감입니다. 김정선, 『열 문장 쓰는 법』 (유유, 2020)

작가 은유는 『쓰기의 말들』에서 화려한 요소가 얼마나 많은가가 아니라 불필요한 요소가 얼마나 적은가가 글의 성패를 가른다고 했습니다. 은유, 『쓰기의 말들』 (유유, 2017)

STYLE

뉴욕타임스 편집위원인 벌린 클링켄보그는 『짧게 잘 쓰는 법』에서 짧게 써야 하는 이유를 이렇게 듭니다. 공감이 가는 글들을 몇 개 추려봅니다. 벌린 클링켄 보그, 『짧게 잘 쓰는 법』 (박민 번역, 고유서가, 2020)

"우선 길이를 충분히 줄여 짧은 문장을 써보면 도움이 된다."

→ 자신의 의도를 다른 사람이 이해할 수 있는 공통의 언어를 통해 독자에게 오롯이 전달하기 위해서는 말의 핵심에 집중해야 하고, 그걸 위해서는 필요 없는 말을 가지치기해야 내 글의 핵심 '코어'만 남게 됩니다.

"짧게 쓰면 주어와 동사가 단도직입적이고 명료해진다. 지시하는 관계대명사나 문장 안에 문장이 섞여있어 혼동을 주는 영어식 문장을 피할 수 있다."

→ 바로 그 삿된 성분인 지시어를 피하면 혼동의 여지는 그만큼 줄어듭니다.

"단문을 쓰면 길이에 상관없이 강력하고 균형 잡힌 문장을 쓸 수 있다. 이때 문장이 끊기거나 흐름이 중단되는 걸 막는 일은 변형과 리듬감이다."

→ 노래 가사나 시를 생각하면 됩니다. 짧은 문장으로 변형과 리듬감을 최대한 잘 살린 문장의 표본은 개인적으로 '랩'이라고 생각합니다. 래퍼들은 그래서 단문 쓰기의 천재들입니다.

"형편없는 짧은 글은 누구나 쉽게 쓸 수 있다."

→ 무조건 짧게 쓴다고 잘 쓴 글이 되지 않는 이유입니다. 짧게 쓴 글은 길게 쓴 글과 비교해서 형편없는 글이 될 가능성이 낮습니다.

"경제적으로 쓰려면 더 단순하고 평이한 문장을 고민해 가장 단순하고 직접적인 길을 찾아야 한다."

→ 흔히 단어를 많이 알면 글을 잘 쓸 수 있다고 생각하기 쉽지만 많은 단어는 어려운 한문체 문장으로 이어지기가 쉽습니다. 신효원의 『어른의 어휘공부, 2022』에서는 뭔가를 살펴보는 것은 '숙찰하다' '타진하다'도 되지만, '뜯어보다' '톺아보다'로도 쓸 수 있다고 말합니다. 비슷한 것은 '유사하다' '근사하다'고 할 수 있지만, '그만그만하다' '고만고만하다' '비스름하고' '어금지금하고' '

어금버금하다'라고도 쓸 수 있습니다. 낡은 것은 남루하다고 할 수 있지만, '너절하고' '해지고' '캐캐묵다'고도 쓸 수 있습니다. 글 쓰는 책상 앞에 어휘 사전을 요약해 두고 단순하고 직접적인 단어 쓰기를 공부해야 하는 이유입니다.

"평이한 문장들도 울림이 있는 문장들만큼 목적이 뚜렷하고 효율적이다."

→ 괜한 수식어나 부연 설명에 대한 강박 관념을 가지지 않아도 된다는 말입니다.

"동사에 힘을 실어줘야 한다."

→ 동사가 중요한 이유는 내 말의 결론이 되기 때문입니다. 말을 하거나 글을 쓸 때 내가 쓸 동사를 기억하고 있으면 중간 과정에 길을 잃더라도 다시 원래대로 돌아갈 수 있습니다. 사실 영어에서는 이미 동사를 언급하고 부연해 나가기 때문에 신경 쓸 필요가 없습니다. 여기서 중요한 포인트는 동사를 먼저 얘기하는 것은 결론을 먼저 언급한다는 의미입니다. 오해의 여지가 그만큼 줄어들죠.

"독자들은 과도한 서술과 묘사, 과도한 설명과 의미 부여를 제거할 때 저자의 글을 신뢰한다."

→ 서술과 묘사, 설명과 의미 부여가 많다는 건 그만큼 내 글과 말의 핵심에 자신이 없다는 겁니다. 가령 맛있는 음식이다. 이

건 그냥 먹어보면 알 수 있습니다. 원료나 요리에 자신이 없을수록 이 음식의 맛에 대한 이유가 붙기 마련입니다. 의미 부여가 필요한 거죠. 우리 말에 '약장사'가 괜히 나온 것이 아닙니다. 약에 자신이 없기 때문입니다.

공백의 중요성에 대해 다시 생각합니다. 짧게 쓴 글과 글 사이에는 공백이 많습니다. 한 페이지에 쓴 문장의 수보다 하나 적은 공백이 남게 되죠. 쓸데없는 말이 비워진 자리에 남은 공백은 내가 전하고자 하는 의미가 잘 전해질 가능성을 높입니다. 이걸 '암시(Implication)의 공간'이라고 합니다. 학창시절 성문종합영어가 생각납니다. 영어 문장에 행간의 의미를 파악하라는 "Read between the lines"를 그렇게 외웠는데, 이제야 이해가 갑니다.

법정 스님의 말이 생각납니다. 텅빈 충만.

5.

인내의 마지노선 15분

1980년 인디애나대학교 인터뷰

보르헤스

나는 글쓰기를 시작했을 때
매우 바로크적인 스타일로 썼어요.
늘 의고체나 진기한 것이나 신조어를 사용해서
매번 독자를 속이려고 애썼죠.

그러나 지금은 아주 단순한 단어를 쓰려고 노력해요.
딱딱한 단어나 사전적인 단어는 피하려고 노력하죠.
그런 걸 피하려고 최선을 다하고 있어요.

보르헤스, 『보르헤스의 말』
(윌리스 반스톤, 서창렬 번역, 마음산책, 2015)

5. 인내의 마지노선 15분

숏폼 전성시대

집에서 영화 한 편을 봤습니다. 이제는 영화관에 가지 않아도 집에서 얼마든지 극장처럼 기분을 낼 수 있습니다. 구독하고 있는 OTT에서 쏟아지는 영화들은 하루에도 수십 편이 되니까요. 거실에서 영화관 기분을 냈습니다. 주연 배우와 내용 모두 나쁘지 않은 영화였습니다. 중간중간 재미 요소도 많았습니다. 그런데 영화를 보는 중간에 아내가 이렇게 얘기합니다.

"답답한 건 나만 그런가? 기분 탓인가. 예전에는 별로 안 그랬는데."

"하긴 나도 그래. 빨리 돌리기 하고 싶음. 좀 더 속도감이 있었으면 좋은데..."

2시간 남짓의 영화가 답답하게 느껴지는 이유는 무엇일까요?

15분. 요즘은 짧은 콘텐츠가 대세입니다. 유튜브에서 시작된 짧은 동영상 트렌드는 언젠가부터 사람들이 영상을 보면서 인내할 수 있는 최대 시간이 됐습니다. 짧으면 뭔가 아쉽지만 길면 이내 지루합니다. 15분이 길게 느껴지는데 그 영상을 계속 보도록 잡아두려면 중간중간에 뭔가 임팩트도 있어야 합니다. TED 같은 강연 동영상 콘텐츠도 길면 지루하다고들 합니다. 인사를 하면서 정보 핵심을 전달하고 요약하기까지 모든 것을 15분 안에 끝냅니다. 서론-본론-결론, 기승전결의 이야기 스토리텔링의 방정식은 이제 없어져 가고 있습니다.

유튜브에서 일하고 있는 분이 이런 얘기를 했습니다. 유튜브에서 성공하는 동영상은 그 얘기를 풀어나가는 방식에 있어서 어느 정도 성공하는 공식이 있다고 합니다. 그건 우리가 학창 시절부터 익히 배워서 알고 있는 글쓰기와 이야기 전개의 문법을 철저히 파괴했습니다. 대충 이렇습니다.

먼저, 영상 시작 몇 초 안에 전체 영상에서 가장 임팩트가 있을 만한 한 방을 날려줘야 합니다. 하이라이트입니다. 그 시간은 길어서도 안됩니다. 말하자면 뉴스의 헤드라인과 같은 셈인데 정확히 같지는 않습니다. 뉴스의 헤드라인이 한 두 문장에 그 뉴스의 전체 내용을 요약하는 것이라면 유튜브 동영상의 첫 시작 하이라이트는 내용을 집약하기도 하고 결정적인 대사나 동영상을 보여주기도 합니다.

둘째, 하이라이트 이후 이야기의 시작과 함께 시청자들의 긴

장감은 느슨해지기 시작합니다. 제목과 주제에 맞는 메인 동영상이 나오기 전까지 떨어지던 시청률은 메인을 향해 가면서 다시 올라가기 시작합니다. 그 길이는 길지 않습니다. 10분 즈음이 되면 광고가 나오는 만큼 광고가 나오기 전에 뭔가를 보여줘야 합니다. 만약 10분을 넘기려면 그 이후에 나올 내용이 시청자들의 이목을 끌고 잡아둘 만한 값어치가 있어야 합니다. 짧은 영상에서도 대충 10분을 주기로 또 흐름이 끊기는 셈입니다.

셋째, 얘기가 끝났다고 그냥 끝내면 안 됩니다. 모든 시리즈물이 그렇듯 다음 동영상에 대한 예고나 자신의 채널에 대한 광고를 담은 쿠키를 제일 마지막에 실어 다시 한 번 시청자들을 잡아둡니다. 왜 그렇게 다들 '구독' '좋아요'를 애원할까요? 예전 영화 같으면 엔딩 크레딧이 올라갈 때 내용을 상기하면서 감상에 젖을 법도 한데 그놈의 '구독' '좋아요' 눌러달라는 엔딩이나 자막 때문에 여운은 금세 날아갑니다. 저만 그런가요?

이 같은 시청자 이목 끌기와 잡아두기가 성공적으로 끝났다고 했을 때 비로소 성공한 동영상이 됩니다. 결국 높은 조회수가 의미하는 '얼마나 많은 사람들이 방문하느냐'보다 더 중요한 것은 '얼마나 오래 체류하느냐'가 유튜브가 가중치를 주는 알고리즘의 중요한 요소라고 합니다. 유튜브뿐만 아니라 넷플릭스 등의 글로벌 OTT 서비스가 개인별 맞춤형 콘텐츠 소개와 제공을 할 수 있는 비결도 해당 콘텐츠를 얼마나 오래 보고 있느냐가 주요 고려 대상입니다. 결국 동영상 체류시간입니다.

오래 머무르게 하고 싶은데 우리가 학교 다닐 때 배웠던 '발단 → 전개 → 위기 → 절정 → 결말'의 과거 스토리텔링의 방정식을 풀고 있을 수는 없습니다. 흔히 시리즈물이 그렇듯이 다음회를 보게 하기 위해서는 극적인 긴장감을 해당 회의 마지막에 배치해 다음 편의 궁금증을 극대화시킵니다. 숏폼 콘텐츠에서는 시작과 중간 끝에 이른바 한 방이 있어야 합니다.

STYLE

단거리 경주에 길들여진 글과 말

이처럼 짧은 콘텐츠가 유행이 된 것은 사람들의 인내력 때문일까요? 영상 제작도 길게 만들지 말라고 하니 호흡이 짧아집니다. 15분 안에 긴장이 있어야 하고, 국면 전환이 있어야 하고 그러다 보니 문제가 생겼습니다. 단거리 경기에 익숙해지다 보니 긴 호흡의 장거리 근육이 만들어질 리가 없습니다. 짧은 글쓰기, 짧은 말하기에 익숙해진 사람에게 긴 글을 쓰라고 하거나 1시간 강연을 부탁하면 난감해합니다.

15분짜리 동영상 4개를 가져다 붙인다고 1시간짜리 긴 콘텐츠가 되지 않습니다. 강약이 있어야 하고 흐름이 있어야 하고 잘 이어져 붙어야 합니다. 무엇보다 중요한 것은 시청자인 보는 사람이 지루하지 않게 보고 들을 수 있어야 합니다. 그러니 요즘 히트를 치고 있는 넷플릭스의 시리즈물들을 보면 정말 대단하다는 생각이 듭니다. 탄탄한 시나리오와 뛰어난 연출력으로 무장한 콘텐츠들은 예전과는 전혀 다른 문법을 쓰고 있습니다.

말도 그렇습니다. 일단 결론부터 얘기하고, 그다음에 부연 설명을 시작합니다. 얘기가 길어지면 듣는 사람이나 상대방의 주의가 흐트러지는 것이 눈에 보입니다. 다른 주제로 넘어가자고 하는 것 같습니다. 그렇게 대화를 하다 보면 앞에 무슨 말을 했는지 잘 기억이 나지 않습니다. 정보는 파편화되고 연결이 되지 않습니다. 짧은 방송 뉴스만 계속 만들다 보면 1시간짜리 프로그램을 만드는데 여간 애를 먹는 게 아닙니다.

글도 그렇습니다. 서론이 길면 그냥 뒤로 넘어가게 됩니다. 내 생각과 다르다면 호기심을 갖고 더 들어볼 만도 하지만 인내심이 허락하지 않습니다. 하루에도 얼마나 많은 콘텐츠가 쏟아져 나오는데 흥미를 끌지 않는 글에 시간을 내어줄 사람은 없습니다. 전자책이 많이 나오면서 e-Book으로 책을 많이 사보게 되는데요. e-Book으로 책을 보니 빠른 속도로 영상 돌려보기처럼 책을 보게 됩니다. 나중에는 줄 친 것만 요약 노트로 따로 볼 수 있으니 책을 2번 보는 것은 잘 안 하게 됩니다. 그런데, 결국 기억에 남는 것은 그렇게 본 책이 아닙니다. 내 손으로 줄 치고 요약해 보고 여백에 내 생각도 써보고 포스트잇 붙여서 몇 번이고 들춰보고 했던 책의 글들이 결국 내 것이 됐습니다. 글을 써보면 확실히 그게 느껴집니다. 짧은 글을 모아놓은 파편화된 정보는 좀처럼 머릿속에서 꺼내

쓰기가 어렵습니다.

줄이다 보니 펼쳐진 오해의 시대

오해는 그렇게 생겨납니다. 길게 말해도 상대방이 내 생각을 제대로 이해하지 못할 때가 많은데 줄여서 말하면 더 힘들어집니다. 뉘앙스를 제대로 전달하지 못하거나, 알 수 없기 때문입니다. 여기에다 상대방이 애써 차근차근 쓰고 길게 말했는데, 듣는 사람이 잘라 듣거나 뛰어넘고 듣는다면 오해가 생기기 마련입니다.

숏폼에 길들여지다 보니 자연스럽게 길게 말해야 하는 전화보다는 문자나 SNS를 쓸 때가 훨씬 많습니다. SNS는 대화라기보다는 통보에 가깝습니다. 상대방이 내 쪽지를 봤다는 표시, 즉 숫자 1이 없어진다고 해서 상대방이 내 말을 100% 읽어 봤거나 이해했다고 생각하면 오산입니다. 그래서 시간이 없을 때는 상대방의 톡을 봤다는 표시를 하는 것도 조심스럽습니다. 그렇게 또 오해가 시작되기 때문입니다. 숏폼 전성시대에 인내의 한계 시간은 더욱 줄어들고 그와 동시에 이래저래 '오해의 시대'가 되어가고 있습니다.

유튜브에서 요즘은 10분을 채우지 않더라도 광고를 붙일 수 있게 해 줍니다. 광고가 보기 싫은 전 유튜브 프리미엄을 이용합니다. 비싸기는 한데 아깝지는 않습니다. 가끔 놀라기도 하지만 유튜브의 알고리즘이 싫어서 주기적으로 시청기록(쿠키)을 지우기도 합니다. 제 취향을 찾아서 추천을 해주는 것은 놀랍기도 하지만 좋아하던 것만을 좋아하는 바보가 되는 거 같기 때문입니다. 나이가

들면서 고집이 늘어가는데 확증편향(confirmation bias)이나 필터버블(filter bubble)까지 더해집니다.

2~3배 빨리 돌려보기가 유행입니다. 과연 제대로 본 것일까요?

Part 3

Tone

스타일에 힘주기

STYLE

STYLE

실패			나	스타일 (Style)	나	성공		
결과	2차	1차				1차	2차	결과
기억나지 않는다	몰입하지 못한다	핵심을 모른다	단조롭게	Tone	톤을 살려서	핵심을 안다	몰입한다	기억한다

← 독자 · 시청자 반응 1차 ⇒ 2차 ⇒ 결과 →

스타일을 살린다 → 강약이 있다. 고저가 있다. 말에 형식(첫째, 둘째...)이 있다. 쉼과 멈춤을 아끼지 않는다.

스타일을 살리지 못한다 → 강약이 없다. 고저가 없다. 말이 형식으로 구분되지 않는다. 쉼과 멈춤이 없다.

6.

절대 안 잊히는
리듬

글쓰기의 힘

사이토 다카시

이것은 문체와도 관련이 있지만

생명력이 없기 때문이다.

생명력이 있는지 없는지는

소리내어 읽으면 더 분명해진다.

사이토 다카시, 『글쓰기의 힘』 (데이원, 2024)

6. 절대 안 잊히는 리듬

예전에 학교 다닐 때 이른바 암기과목이 있었습니다. 말 그대로 외우는 과목이죠. 그 시절에 선생님들은 왜 그렇게 외우라고만 하시는지 이해할 수 없었습니다. 선생님들은 단지 외우라고만 하지 않았습니다. 외우는 방법까지 노하우를 전수해 줬는데, 몇십 년이 지난 지금까지 머릿속에 남아있는 것들이 있습니다. 감탄사가 나오는 몇 가지를 소개할까 합니다.

Scene 1. 국사 시간

"태정태세 문단세~ 예성연중 인명선~ 광인효현 숙경영정~ 순헌철고순~"

이걸 저렇게 나눠서 노래처럼 외우지 않았다면 과연 외울 수 있었을까요? 그리고 지금까지 머릿속에 남아있을까요? 과연 다른 나라 국민들 가운데 자신의 나라 역대 왕이나 대통령을 이렇게 외우는 사람들이 과연 몇이나 될까요?

Scene 2. 음악 시간

"프레스토 비바체~ 알레그로 알레그레토~ 모데라토~ 안단티노 안단테~ 아다지오 라르고~ 렌토까지 다 외웠네."

중고등학교 시절 음악 시간은 자거나(클래식이나 가곡 감상), 억지로 부르거나(한글 가사로 써서 외웠던 오 솔레미오(O sole mio, 오 나의 태양)의 꿰밸라 꼬사 아유르나 따에 솔레(chebella cosa naiurna tae sole, 오 밝은 태양 너는 참 아름답구나) 첫 소절은 아직까지 기억이 납니다.), 리코더로 연주하거나(간혹 피아노로 시험을 치는 수준급의 아이들도 있었죠.), 아니면 음악 관련 이론을 외워야 하는 시간이었습니다. 이론 가운데 알아놓으면 평생 남들 앞에서 아는 체 할 수 있다며 굳이 암기를 강요했던 것 중의 하나가 바로 이 음악 빠르기와 관련된 기호였습니다.

"반짝반짝 작은 별~"로 시작하는 동요 『작은 별』은 "도도 솔솔 라라 솔, 파파 미미 레레 도, 솔솔 파파 미미 레, 솔솔 파파 미미 레, 도도 솔솔 라라 솔, 파파 미미 레레 도"로 일정한 운율과 길이를 지닌 리듬을 지니고 있습니다. 이 노래에 저 기호를 얹어서 외우라고 음악 선생님이 그랬습니다. 그렇게 외웠던 기호는 지금까지 남아있습니다.

Scene 3. 과학 시간

"현숙씨 같이 안살래유~ 반드시 섬마을에서 화목하게 살아유~"

중학교 시절에는 물상, 고등학교 시절에는 지구과학이었던 과목 시간에 우리 주변에서 볼 수 있는 돌(암석) 가운데 화산의 마그마가 만들어낸 돌의 종류를 선생님은 이렇게 가르치셨습니다.

"백두산, 한라산이 뭐야? 화산이지. 지금은 아니지만 예전에는 용암이 분출됐지. 뭐가 나왔겠어? 그래 마그마가 나오지. 식으면 뭐가 돼? 돌이야 돌. 이걸 뭐라고 한다? 화.성.암, 자자! 지금부터 6개 돌을 외운다. 어두운 색에서 밝은색 순서이고, 위에서 아래는 결정이 작은 것에서 결정이 큰 정도다. 현무암! 안산암! 유문암! 반려암! 섬록암! 화산암!"

6개 밖에 안되는데 정말 어려웠습니다. 이름도, 순서도... 선생님은 마음에 드는 여성에게 프로포즈하는 시골 총각의 말을 리드미컬하게 만들어 내고 이걸 외우게 했죠. 그렇게 외운 이 문장은 아직까지 머릿속에 남아 이렇게 쓸 수 있게 되네요.

"현(현무암)숙씨 같이 안(안산암)살래유(유문암)~반(반려암)드시 섬(섬록암)마을에서 화(화산암)목하게 살아유~"

Scene 4. 화학 시간

"수헬리베 붕탄질~ 산플네나마알~ 규인황염 아칼카~"

고등학교 화학시간에 넘어야 하는 가장 힘든 고비는 일찍 찾아왔습니다. 바로 원소기호와 주기율표! 선생님은 매시간 수업을 시작할 때마다 무작위로 몇 명이 호명해 외우는 걸 시켰죠. 운이 좋아서 몇 번을 피해갈 수는 있어도 결국 안 외우고 넘어갈 수는 없었습니다. 어떻게? 선생님은 저렇게 끊어서 외우도록 시켰습니다. 역시 리드미컬하게! 주의할 점은 마지막의 칼카(칼륨이 먼저고 칼슘이 뒤입니다).

STYLE

글과 말은 두 가지입니다. 리듬이 있는 글과 말, 리듬이 없는 글과 말. 시와 노래는 대표적인 리듬이 있는 글과 말입니다. 특히 힙합. 물론 길게 때로는 짧게, 강하게 또 약하게 읽을 수도 있지만, 시나 노랫말을 쓰는 시인이나 작사가들이 소리 내는 말을 염두에 두고 창작을 해 그냥 읽다 보면 리듬이 생깁니다. 운율이나 라임 등의 장치들이 절묘하게 많이 녹아들어 있기 때문입니다.

글도 마찬가지입니다. 고수들의 문장은 잘 읽힙니다. 말 그대로 술술 읽히죠. 말의 스타일(Style)을 살리는 톤(Tone)은 '리듬'에서 나옵니다. 리듬이 있는 말은 상대에게 주는 울림이 큽니다. 그리고 오래 남습니다. 말이나 글의 내용인 '메시지' 만큼 '톤'이 중요한 이유입니다. 말에서 리듬이 힘을 줄 때 주고 뺄 때 빼는 강약 조절에서 나온다면, 글에서 리듬은 짧게 쓰는 것에서 나옵니다. 길게 쓴 만연체보다 짧게 쓴 문장은 독자에게 노래처럼 리드미컬하게 읽힙니다.

Beanz Meanz Heinz
콩 하면 하인즈 (콩은 즉 하인즈)

『설득의 심리학』으로 유명한 로버트 치알디니 교수가 있습니다. 설득의 심리학이란 번역본의 제목도 좋지만 원저 『Yes! : 50 Scientifically Proven Ways to Be Persuasive』의 제목은 더욱 솔깃합니다. 그대로 번역하면 『그래! : 과학적으로 증명된 남을 설득하는 50가지 방법』이 됩니다. 이 책에서 저자는 사람들에게 yes를 이끌어내는 방법으로 말에 리듬감을 줄 것을 강조했습니다. 주로 광고 문구의 슬로건이 여기에 해당됩니다. 예를들면 하인즈 주식회사가 1869년 구운 콩을 광고하기 위해 매일 수많은 주부들이 구운 콘 통조림을 딴다면서 "Beanz Meanz Heinz"("콩을 떠올리면 바로 하인즈"라는 의미로 "콩 하면 하인즈"를 뜻한다.)라고 CM송을 만든 것을 예로 듭니다. 슬로건이나 상표, 모토 등은 이렇게 운율을 맞추면 사람들의 뇌리에 더 잘 남고 잊혀지지 않는다는 것이죠. 우리나라에도 "유쾌 상쾌 통쾌"나 "씹고 뜯고 맛보고 즐기고" 등 같은 단어로 끝나면서 운율과 리듬을 맞춘 광고가 있습니다. 외우려고도 안 했는데 좀처럼 잊혀지지도 않고 사람들에게 물어보면 남녀노소 세대를 초월해 잘 알고 있는 경우가 많습니다. 로버트 치알디니, 『설득의 심리학 1』 (황혜숙, 임상훈 번역, 21세기 북스, 2023) / Roverst Cialdini Ph.D., 『Yes!: 50 Scientifically Proven Ways to Be Persuasive』 (Free Press, 2009)

If the gloves don't fit, You must acquit!
장갑이 맞지 않으면 무죄를 선고하라!

같은 책에서 1994년 미국 미식 축구선수 O.J. 심슨의 전처 살인사건 당시 변호인이 했던 말도 사례로 나옵니다. 심슨의 변호사는 배심원들에게 "If the gloves don't fit, You must acquit!"라고 말했습니다. 장갑이 맞지 않다면 무죄를 선고하라는 의미입니다. 'acquit'는 '무죄를 선고하다'는 뜻입니다. 보통 배심원단이 피고에게 무죄를 선언하다 이런 의미로 쓰이는데 'fit'와 'acquit'는 글로 써놓고 보면 많이 차이가 있어 보입니다.

그런데 발음을 해보면 달라집니다. 리듬과 운율이 살아납니다. 흡사 힙합의 라임처럼... 발음은 놀랄 만큼 닮아있습니다. 끝나는 모음이 비슷한 리듬과 라임으로 끝나는 이 한마디는 짧고도 선명했습니다. 만약에 심슨의 변호인이 이렇게 짧고도 울림이 있는 문장이 아닌 다른 말을 했다면... 배심원단의 머릿속에서는 이성의 회로가 아닌 감성의 회로가 작동했을까요?

힙합을 만드는 래퍼들은 21세기 천재 시인들입니다.

7.

스타일은
형식이다

나는 어떻게 글을 쓰게 되었나

레이먼드 챈들러

아무리 말을 아껴도 장기적으로 보자면
글쓰기에서 가장 오래 남는 것은 스타일이고,
스타일은 작가가 시간을 들여 할 수 있는
가장 가치 있는 투자이다.

레이먼드 챈들러, 『나는 어떻게 글을 쓰게 되었나』
(안현주 번역, 북스피어, 2014)

7. 스타일은 형식이다

나만 보는 글 vs 남에게 보여주는 글

글을 써야 하십니까? 어떤 상황이신가요? 내가 쓰고 싶은 글을 써야 하나요? 아니면 누군가가 나에게 어떤 글을 쓰라고 시켰을까요?

글쓰기 환경은 다양합니다. 학교에서 시험 답안을 위한 글쓰기나 논술도 있고, 입사나 자격시험에 통과하기 위한 답안 작성도 있습니다. 정리해 보면 글을 써야 하는 환경은 크게 두 가지로 나눠집니다. 글쓰기 대상이나 주제를 내가 정하는 경우와 남이 쓰라고 특정 주제를 내주는 과제나 시험, 업무와 관련된 글쓰기입니다. 요즘에는 내가 쓴 글을 읽을 대상이 반드시 나에 국한되지는 않습니다. 디지털 모바일, SNS, 유튜브 댓글 등 다양한 글쓰기는 발행과 동시에 전 세계 모두가 잠재적 독자가 되기 때문입니다. 아무튼 글쓰기의 중요성이 앞으로 더욱 커지는 것은 사실입니다. 글에 따라 나눠서 생각해 보겠습니다.

먼저, 내가 어떤 주제에 대해서 글을 쓸 때입니다. 에세이형 글쓰기가 되겠죠. 그날 있었던 일이나 생각을 기록하는 일기도 있지만, 뭔가에 대해서 쓰고 싶다고 할 때는 그 대상이 되는 특정 소재가 있습니다. 누군가에게 보여주지 않는 일기는 의식의 흐름대로 씁니다. 그저 생각의 흐름대로 쓸 뿐 두서도 없습니다. 그냥 쓰면 됩니다. 어떤 주제에 대해서 쓰고 싶다고 할 때도 마찬가지입니다. 내 머릿속 생각을 내가 쓴 만큼, 나중에 읽어보더라도 무슨 말인지 이해가 됩니다. 몇 년, 몇십 년이 지난 일기장을 꺼내 읽어보면 글을 쓸 때 기억이 생생하게 나는 것은 글을 쓴 사람이 본인이기 때문입니다. 내 글을 읽게 될 대상을 생각하지 않은 나 혼자 만의 글쓰기인 만큼 내가 쓴 글은 언제 읽어도 나는 이해가 잘 됩니다. 글 쓴 당시의 배경과 맥락이 이해를 돕는 것이죠.

하지만, 남에게 보여줘야 하는 글은 얘기가 다릅니다. 특히 남이 글의 주제를 정해줄 때는 더욱 그렇습니다. 글을 써야 하는데 처음에는 막막하기만 합니다. 주제와 관련된 내용을 잘 알거나 관련된 경험이나 에피소드라도 있다면 첫 문장을 풀어나가기는 그나마 쉽습니다. 더구나 참신한 소재라도 있다면 금상첨화, 그것으로 끝입니다. 학생이 논술 시험지를 받았는데 다행히 기출문제가 나왔다면 그동안 연습해 온 것을 일사천리로 풀어낼 수 있습니다. 뉴스를 통해 봤거나 관련 책이라도 읽었다면 쓸 거리가 더욱 풍성해

지겠죠.

다만, 내용을 안다고 해서 막 쓰다 보면 신선함이 떨어지기 쉽습니다. 상투적이라고 하고 요즘은 클리셰라는 어려운 말이 자주 인용됩니다. 프랑스어 클리셰(Cliché)는 진부한 표현이나 고정관념을 얘기합니다. 소설이나 영화에서 클리셰는 독자와 시청자들을 멀어지게 합니다. 영상 콘텐츠를 만들 때 클리셰는 누구나 원하는 '구독'과 '좋아요'의 독입니다. 핵심은 말을 하거나 글을 쓸 때도 일단 글감(소재)을 선택할 때 신선해야 독자들을 머물게 할 수 있습니다.

나만의 글쓰기 탬플릿 만들기

하물며 써야 하는 주제나 소재에 대해서 모른다면 글을 어떻게 풀어나가야 할까요? 모든 글쓰기에서 적용되는 것은 아니지만 그럴 때 필요한 것이 나만의 글쓰기 템플릿(Template)입니다. 이때 템플릿은 일종의 습관입니다. 글을 풀어나가는 근육을 미리 키워놓는 겁니다. 운동선수가 시합에 앞서 루틴에 따라 움직이듯이 글을 쓸 때도 템플릿을 만들어놓는 것은 여러모로 유리합니다. 템플릿은 다양한 책에서 가져올 수 있습니다. 글쓰기 대가나 고전도 훌륭한 교과서가 됩니다.

저의 경우를 예를 들면 전 칸트식 글쓰기법을 자주 사용했습니다. 칸트는 이런 글을 남긴 적이 있습니다.

내용 없는 사고는 공허하고, 개념 없는 직관은 맹목이다.

Gedanken ohne Inhalt sind leer, Anschauungen ohne Begriffe sind blind. 임마누엘 칸트, 『순수 이성 비판』 (1781, 1787)

말하자면, A 없는 B는 공허하고, B 없는 A는 맹목적이라는 명문장입니다. 칸트의 어려운 철학적 개념을 이해하지 못하더라도 A와 B 자리에는 얼마든지 많은 개념을 적용할 수 있습니다. 저는 이상과 현실이 차이를 보일 때나 한계를 가질 때 위의 표현을 자주 사용했습니다.

만약 시험 문제가 주어졌다고 해보겠습니다. 같은 주제에 대해서 여러 사람들이 글을 써야 하는 상황입니다. 이 때는 내용으로 차별화해야 합니다. 어떤 제도나 규칙이 있고, 현실에서 그게 잘 지켜지지 않을 때 위와 같은 칸트식 표현을 뼈대로 얼마든지 글을 쓸 수 있습니다. 꼭 같은 표현을 쓰지 않더라도 개념을 적용할 수 있습니다. 법이 현실을 따라가지 못하거나 현실을 너무 앞선 제도가 있을 때 그때에 해당합니다. 가령, 법 없는 현실은 공허하고, 현실을 생각하지 않는 법만을 위한 법은 맹목입니다. 이런 식이 됩니다. 직원이 없는 회사는 공허하고, 회사의 성공이 없는 직원 개개인의 성공은 맹목입니다. 꿈 없는 하루하루는 공허하고, 하루하루의 노력이 없는 꿈은 맹목입니다. 재밌습니다.

콘텐츠와 관객도 마찬가지입니다. 글을 쓰는데 읽어주는 독자가 없다면 어떤 상황일까요? 관객이 찾지 않는 콘텐츠는 공허하고, 별 내용 없는 콘텐츠가 불티나게 팔린다면 맹목입니다. 좋은 콘텐츠가 아니었거나 관객이 번지수를 잘못 찾았을 수 있습니다.

국회의원들이 만들어내는 법도 마찬가지입니다. 가장 최고는 법이 필요 없는 세상입니다. 굳이 규칙을 만들어서 지키라고 할 필요가 없어도 아무런 문제가 없는 사회가 되겠지요. 그렇다면 어떤 법이나 제도에 대한 자신의 생각을 논하라고 하면 어떤 글을 써야 할까요? 내용을 알면 쓰면 됩니다. 그렇지 않다면 칸트식 표현을 빌려 이상과 현실을 구분해 보면 됩니다. 그 제도나 법을 만들어도 소기의 성과를 거둘 수가 없어 보인다고 생각되면 공허한 상태이고, 사회나 세상을 위한 제도나 법이 아닌 법을 위한 법은 맹목적인 상황이 됩니다. 실제로 그런 게 많습니다.

STYLE

Know-Where의 시대... 스타일로 차별화하기

학창 시절이 끝나면 글을 평가받을 일이 없을 것으로 생각했는데 그게 아닙니다. 종종 몇 장의 글을 써서 내고 평가를 기다리는 순간이 찾아왔습니다. 반쯤 아는 내용이고 반은 모르는 주제에 대해 써야 했습니다. 나만의 독창적인 아이디어와 소재로 일필휘지를 할 수 있다면 금상첨화이지만 그게 그렇게 쉽지만은 않습니다. 무엇보다도 다른 사람들과 차별화하기가 어렵습니다. 정보가 많고, 오픈되어 있는 만큼 나만의 독창적인 아이디어나 소재가 다른 사람에게 발견되지 않으리라는 보장은 없습니다. 그래서 제가 아는 한 교수님은 정보 과잉의 시대는 선택과 집중이라고 했습니다. 이제는 나만의 차별화된 방법인 Know-How가 아니라 Know-Where만 알면 되는 시대가 됐다고 했습니다.

제가 내용보다는 방법에 집중해야 한다고 생각하는 이유는 바로 그 때문입니다. 내용으로 차별화하기는 여간 고수가 아니고서는 어렵습니다. 그래서 나만의 스타일이 있어야 합니다. 이때 스타일은 나만의 것이며 상투적인 글과 말에서 넘쳐나는 클리셰의 대척점에 있습니다.

이제는 AI도 글을 씁니다. 고전과 명문장을 머신러닝으로 학습한 AI가 쓴 글은 어색할 줄 알았는데 전혀 그렇지 않습니다.

8.

포즈(Pause; 쉼)도 메시지다

글쓰기의 발견

어니스트 헤밍웨이

산문 작가가

자신이 쓰고 있는 것에 대해 잘 알고 있다면

자신이 아는 것을 생략할 수 있다.

하지만 작가가 몰라서 생략하는 경우에는

글에 빈 공간만 생길 뿐이다.

언제나 너무 많이 쓰려고 하는 유혹에 시달립니다.

하지만, 쓸데없는 말들을 쳐내야 하는

교열 작업을 하지 않기 위해서,

그 충동을 잘 통제하고 있지요.

어니스트 헤밍웨이, 『헤밍웨이, 글쓰기의 발견』
(래리 W. 필립스 엮음, 박정례 번역, 스마트비지니스, 2024)

8. 포즈(Pause; 쉼)도 메시지다

KBS, MBC, SBS, TVN... 이런 채널을 보려면 내 의지와 상관없이 보게되는 방송이 있습니다. 홈쇼핑입니다. 이번에는 홈쇼핑 얘기를 해볼까 합니다. 짧은 시간에 모르는 사람(시청자)들을 설득시키는 달인들이 등장하기 때문입니다.

Scene 1. 홈쇼핑 톺아보기

홈쇼핑 방송을 보면 방송하는 호스트는 보통 두 명입니다. 메인과 서브 호스트가 방송을 하거나 게스트가 한 명 더 나와서 세 명이 방송을 하기도 합니다.

TV를 보고 있는데 두 명의 쇼호스트가 방송을 하고 있습니다. 같은 호스트지만 역할은 전혀 다릅니다. 서로 멘트가 충돌되지 않도록 할 말은 철저하게 배분되어 있습니다. 메인 호스트가 상품을 주로 설명한다면, 서브 호스트는 질문을 하기도 하고, 판넬을 들고 설명하기도 하고, 화면에 나오는 CG와 소비자들의 반응을 설명하기도 합니다. 서로 바뀌기도 합니다. 만약 1시간 동안 상품을 판다고 하면 1시간의 각본은 어떻게 짜여질까요? 생각보다 철저하게 방송이 준비됩니다.

광고 시간 - 어쩌다 채널 돌린 시청자 낚기

홈쇼핑은 KBS와 MBC, SBS 등 지상파 방송 사이에 주요 홈쇼핑 채널이 차지하고 있는 경우가 많습니다. 흔히 말하는 광고 시간 즉, 홈쇼핑 인근 채널의 프로그램이 끝나는 시간은 역설적으로 홈쇼핑 채널에게는 시청자를 잡아야 하는 시간대죠. 1시간의 홈쇼핑 방송이 진행되는 동안 다른 채널에 시청률이 높은 프로그램의 시작과 끝이 몇 개 붙느냐에 따라 잠재적 고객인 시청자들을 잡을 수 있는 기회는 그만큼 커집니다. 광고시간은 홈쇼핑 채널을 지나가는 고객들이 많아지기 때문입니다.

빌드업 - 적극적 시청으로 전환

사람들은 언제 상품을 사겠다고 결정할까요? 처음부터 그 상품이 마음에 들 가능성은 거의 없다고 봐야 합니다. 역설적으로 노련한 쇼호스트는 처음부터 "이게 좋아요.", "이걸 사세요."라고 하지 않습니다. 목표는 하나입니다. 지금 보고 있는 시청자들이 채널을 떠나지 않도록 붙들어 놓는 것입니다. 왜냐하면 진짜를 아직 보여주지 않았기 때문입니다. 본론에 들어가기 위해 빌드업(Build-up) 해나가는 과정입니다.

스토리텔링 - 시청자에서 고객으로

용케 그 채널에 멈춘 시청자들이 아직도 해당 홈쇼핑 방송을 보고 있다면 호스트들은 시청자들이 감정 이입을 할 수 있도록 스토리텔링을 본격적으로 시작합니다. 쇼호스트들은 주변 사람들의 얘기를 많이 합니다. '남의 얘기'가 아니라 '호스트의 내 얘기'라는 건 그만큼 진정성이 있다는 겁니다. 자신의 경험은 물론 집에 있는 배우자, 가족, 자녀들의 얘기에서 상품을 팔고 있는 PD, MD의 경험까지 방송에서 가감 없이 예를 듭니다. 그래야 시청자들은 방관자가 아닌 자신의 상황과 비교해 보기 때문입니다.

그리고 포즈(Pause) - 비어있지만 채워진 메시지

광고 시간에 유입된 시청자들에 대해 빌드업을 통해 메시지를 추가하고, 스토리텔링을 통해 그 고객이 궁극적으로 상품 구입을 위한 행동을 실행해 옮기려면 마지막으로 하나가 더 필요합니다. 그 부분이 바로 포즈입니다. 말 안 하고 쉬는 잠깐의 순간입니다. 시청자가 다가오고, 호스트의 메시지가 전달되고, 호스트와 시청자의 거리가 좁혀지느냐 결정되는 순간입니다. 말하자면 작가와 독자, 화자와 청자가 가까워지고 있는 순간입니다.

Scene 2. 두 호스트

"이 OOO은 너무 좋아요. 한 번 써 보시죠. 이렇게 바뀝니다. 이보다 좋을 수는 없어요. 게다가 오늘은 역대급 찬스입니다."

"OOO 제품 많이 쓰고 계시죠? (포즈) 어떠세요? (포즈) 그동안 많이 사 쓰기는 했는데 속았다고 생각하신 적 없으세요?" 위의 두 호스트 말을 들으셨다면 어느 호스트의 말이 더 솔깃하신가요? 어느 호스트가 소개하는 상품에 더 관심이 가시나요?

회심의 메시지를 전달하기 위해서 스토리텔링을 하고 빌드업 해왔는데, 그 포즈를 옆에 있던 동료가 치고 들어왔다면... 그 순간 모든 것이 산산조각납니다. 시청자의 마음은 다시 멀어집니다. "망쳤다." 아내에게서 배웠습니다. 포즈도 메시지입니다.

짧게 말하고 짧게 써야 한다고 말하기, 글쓰기의 고수들은 얘기합니다. 말이나 글이 짧아지면 그 사이는 무엇이 채울까요?

STYLE

빈칸

빈칸은 단어와 단어, 문장과 문장 사이에 남는 공간입니다. 우리말에는 띄어쓰기가 있습니다. 띄어쓰기를 위해서는 맞춤법을 잘 알아야 하는데 어렵습니다. 그런데 이렇게 생각하면 간단합니다. 상대방의 이해를 돕기 위해, 내 말이 오해를 불러일으키지 않기 위해 지키는 것이 띄어쓰기입니다. 내 고객을 위한 최소한의 말하는 이, 글 쓰는 이의 배려입니다. '아버지가방에들어가신다.'가 되면 곤란합니다.

행간

빈칸이 줄 바꿈 전에 문장에서 비어있는 공간이라면 행간은 줄과 줄 사이의 빈 공간입니다. 줄 바꿈은 왜 필요할까요? 두 눈으로 볼 수 있는 단어의 양이 한계가 있기 때문입니다. 윈도우 메모장에서 줄을 바꾸지 않고 옆으로만 문장을 써보죠. 문장을 읽을 때 얼마 읽지도 않아 바로 직전의 내용도 기억나지 않습니다. 다시 커서를 앞으로 돌려 읽어봐야 하는 수고를 해야 합니다. 행간은 글 쓰는 사람이 재료와 양념을 바꾸는 그 순간입니다.

행간을 읽다(Read between the lines)

이건 무슨 말일까요? 문장과 문장 사이, 글이 없는 행간(行間)을 읽으라는 의미입니다. 이해는 글을 읽을 때가 아니라 한 줄을 읽고 난 뒤 다음 줄을 읽기 전, 문장을 듣고 다음 문장을 듣기 전에 찾아옵니다. 이게 중요합니다. 말을 할 때 행간은 포즈(Pause)로 드러나게 됩니다.

어원사전(www.etymonline.com)을 보면 포즈(Pause)는 "노래나 말하는 것의 일시적인 휴식이나 지연"을 말하고, 정지, 중지, 중단을 의미합니다. "의심이나 불확실성에서 비롯된 망설임"을 뜻할 때도 있습니다. 그래서 포즈는 뭔가 불안합니다. 뭔가를 기다리고 있는데 상대방이 말을 하지 않습니다. 그때 듣는 사람의 집중이 다가옵니다. 상대방은 화자의 얼굴, 입에 집중하게 됩니다. 눈이 클로즈업됩니다. 가장 집중되는 순간입니다.

역사는 재미없습니다. 지루하고 어렵습니다. 아는 인물과 내용이기 때문입니다. 어릴 때는 위인전으로 어떤 사람인지 처음 접하고, 학창 시절에는 울며 겨자 먹기, 자의 반 타의 반 외우고 배웠습니다. TV에는 언제나 사극이 방송됐습니다. 지금은 우리 주변에 없는 사람들의 얘기, 글로만 접했던 과거의 얘기인 역사를 내 눈앞에 살아 숨 쉬게 한 것은 TV 사극이 아니었습니다. 최근 들어 TV나 유튜브를 통해 역사를 강의하는 역사 교사, 강사, 그리고 역사학자는 아니지만 누구보다 역사 속 그날로 시청자들을 인도하는 작가, 학자, 인플루언서들입니다. 제가 볼 때 그들은 대표적인 포즈의 달인들입니다. 비록 일하는 장르는 다르지만 또 배웁니다.

학교에서 수업을 듣거나, 학원에서 강의를 듣거나, 세미나에서 연설을 들을 때 유독 말이 빠른 사람들이 있습니다. 그 분야 전문가들은 쉬지 않고 끊임없이 메시지를 전달했습니다.

하지만, 저에겐 그 얘기가 잘 다가오지 않았습니다. 그분들의 메시지를 이해하는 데 전 어려움을 겪었습니다. 잘 가르치는 교수라고 했는데 막상 들어보면 아닌 경우도 많았습니다. 왜 그럴까 이유는 모르지만 그냥 전 따라갈 수 없었습니다. 많이 아는 사람들은 아는 걸 쏟아내고 싶어 합니다. 하지만, 저를 감동시킨 사람들은 그들이 아니었습니다. 연설이나 말을 잘하는 사람들을 살펴보고 그때야 알았습니다. 명견만리든, 세바시든, TED나 유튜브든. 저를 감동시킨 건 말을 쉴 새 없이 잘하는 그 순간이 아니라, 말을 멈출 때 잘 멈추고, 쉴 때 잘 쉬는 포즈의 순간이었습니다.

한동안 방송을 쉬었던 설민석 작가가 방송에 복귀했습니다. 방송 중단과 복귀의 어려움을 반영하듯 그는 말을 바로 시작하지 않았습니다. 긴 포즈가 이어진 뒤 비로소 한 마디를 시작했습니다.

"이 자리에 서기까지 너무 떨리고 공포스러웠습니다."

역시 설민석입니다.

Part 4

You

스타일의 핵심

STYLE

STYLE

실패			나	스타일 (Style)	나	성공		
결과	2차	1차				1차	2차	결과
기억나지 않는다	남의 얘기일 뿐이다	감정이입이 안된다	나 혼자	You	상대에게	감정이입이 된다	내 얘기로 생각한다	기억한다

독자 · 시청자 반응 1차 ⇒ 2차 ⇒ 결과

스타일을 살린다 → 읽는(듣는) 사람을 생각한다. 상대의 반응을 상상한다. 상대 입장이 되어본다(Interactive).

스타일을 살리지 못한다 → 읽는(듣는) 사람을 생각하지 않는다. 상대 입장이 되어보지 않는다. 내 얘기만 한다.

9.

내 글을 읽는
당신은 누구

로마인 이야기

시오노 나나미

우리는 다른 세계에 살고 있지만 동시대인이다.

시오노 나나미, 『로마인 이야기』 (한길사, 1995)

9. 내 글을 읽는 당신은 누구

이 책을 읽고 계시는 당신을 생각하는 순간 글이 또 달라졌습니다.

Scene 1. 해

"동해의 일출이 시라면 서해의 일몰은 서사이다."

한 일간지에 고정 칼럼을 쓰고 있는 칼럼니스트 조용헌 작가의 기가 막힌 표현입니다. 조용헌, 『고수기행』 (랜덤하우스코리아, 2006)
그는 발로 뛰는 동양학, 명리학 작가입니다. 대한민국 방방곡곡의 고수들을 찾아내고 명문가를 수소문한 뒤 그들에 대한 자신만의 독특한 해석을 곁들인 글발을 보여주고 있습니다.

새로운 분야를 찾아 나름의 논리로 칼럼이나 글을 쓰고 책을 내는 것으로 유명합니다. 저는 조용헌 칼럼니스트의 기고문이나 작가 조용헌의 책을 볼 때면 물음표로 시작하지만, 그가 쓴 글을 다 읽고 나면 느낌표로 끝납니다. 고 이어령 선생은 물음표가 씨앗이라면 느낌표는 꽃이라고 하셨죠. 느낌표로 끝난 책들은 제 책장 한 곳을 여전히 차지하고 있습니다. 조용헌, 김훈, 유시민은 일단 음식을 만들기에 앞서 시장 이곳저곳을 돌며 장을 충분히 보고 음식을 만든다는 공통점이 있습니다.

"동해의 일출이 시라면 서해의 일몰은 서사이다."를 제 생각대로 다시 해석해 봅니다. 해는 동쪽에서 뜹니다. 하루의 시작입니다. 시작은 비어있음이죠. 해가 뜨는 새벽의 아침은 어떤 일이 일어날지 모르는 백지의 상태입니다. 시도 그렇습니다. 시의 묘미는 단어를 줄이고 글을 줄이는 것에서 나옵니다. 중언부언하지 않고 의미가 공백에서 전해지도록 노력합니다. 하지만 의미는 가득 채워집니다.

시작은 가능성입니다. 모든 것이 열려있는 상태죠. 희극이 될 수도 비극이 될 수도 있습니다. 아무도 모릅니다. 시의 의미도 그렇습니다. 시인은 많은 말을 하지 않습니다. 해석은 독자의 몫입니다. 학교 다닐 때 국어 시간에 어려웠던 것은 선생님들의, 참고서의, 가르치는 사람은 다르지만 그 해석은 똑같은 천편일률적인 시 강의였습니다. 열려있는 시의 의미를 모든 독자들이 같은 반응을 보이도록 암기시키는 시간 같았습니다. 시인은 원하지 않았을 텐데 말입니다.

시작은 에너지 100%의 충만한 상태입니다. 사람들이 가장 좋아하는 해는 1월 1일에 뜨는 해입니다. 사람들은 일출을 보고 한

해를 계획합니다. 일출을 보고 하루를 생각합니다. 지나간 날보다는 오지 않은 내일을 꿈꿉니다. 일출은 어린 아이입니다. 그래서 꿈틀거리죠. 시는 살아 숨 쉽니다. 노래와 같은 리듬이 있고 감정에 호소합니다.

해는 서쪽으로 집니다. 하루의 끝이죠. 끝은 꽉 차 있음입니다. 해가 지는 저녁은 모든 일이 벌어진 다음입니다. 서사는 내러티브이며 스토리텔링입니다. 주인공이 있고, 일이 있으며, 그 결말이 있죠. 함축적인 은유보다는 자세한 설명이 필요합니다. 감정보다는 이성에 가깝습니다.

일출은 마음을 흥분시키고 가슴을 벅차오르게 만들지만 일몰은 나를 차분하게 만듭니다. 일출의 태양은 홀로 가장 빛나지만 일몰의 태양은 주변부터 붉게 물들입니다. 일출은 놓치기 쉽지만 일몰은 서서히 하늘을 물들이고 나에게 어느 정도 시간을 줍니다.

끝은 받아들임입니다. 모든 것이 닫혀있는 상태며, 결론은 이미 나 있습니다. 서사에는 원인과 결과가 있고, 시작과 끝이 있습니다. 국어 시간에 배운 발단, 전개, 위기, 절정, 결말로 꼭 나눠지는 것은 아니지만 어떤 맥락에 따라 연결은 돼야 합니다.

MBTI식 접근에 따르면 시는 직관형(N) 서사는 감각형(S) 인식에 가깝습니다. 시는 감정형(F)이지만 서사는 이성적 사고(T)에 어울립니다.

Scene 2. 산과 바다

"산에 가면 일기를 쓰고 바다에 가면 편지를 쓰세요."

고은 시인이 한 인터뷰에서 한 말입니다. 한정원, 『명사들의 문장』(나무의 철학, 2014)

산과 바다의 차이는 뭘까요? 일단 바다 출신들은 바다를 좋아하고 산 출신들은 산을 좋아하는 경우가 많습니다. 어릴 때 외갓집은 바다를 가까이에 둔 산골에 있었습니다. 당연히 바다를 좋아할 것으로 생각됐던 외삼촌은 바다는 무섭고 산에 가면 마음이 푸근해진다고 했습니다. 반면, 제대로 바다인 제주도 출신 숙모는 산에 가면 답답하지만, 바다에 가면 마음이 뻥 뚫려서 좋다고 했습니다. 부산 출신인 전 그냥 바다가 좋습니다. 서해보다는 남해와 동해가 더 좋습니다.

고은 시인은 같은 인터뷰에서 시는 심장의 언어라고 했습니다. 그리고 그는 산과 바다를 '타자(他者)의 있고 없음'으로 구분합니다. 산은 닫힌 공간, 나와 자연 외에 타인의 존재를 인식하지 않습니다. 반면, 바다는 수평선 너머 다른 세상이 있는 열린 공간, 타인의 존재가 따라다니는 곳입니다. 혼자만의 공간에서는 일기를 쓰고, 타인이 있는 곳에서는 편지를 씁니다.

STYLE

제가 생각하는 시와 서사(내러티브), 일기와 편지의 차이점은

'당신의 존재'에 있습니다.

시는 친절하지 않습니다. 시인은 장황한 설명을 배격합니다. 반면, 서사는 말 그대로 누군가에게 설명하듯이 풀어갑니다. 화자의 목소리가 분명히 드러나고 그 대상은 독자를 향합니다.

마찬가지로 일기는 두 번 다시 읽을 일 없는 나만의 끄적거림이지만 편지는 너와 당신이 있습니다. 당신이 누구냐에 따라 그 첫 문장부터 달라집니다. 언제부턴가 여름 바다보단 가을 바다, 겨울 바다가 좋았습니다. 바다에 가면 누군가와 함께 했던 추억들이 떠오릅니다. 산에서와는 다르게...

말을 하거나 글을 쓸 때도 마찬가지입니다. 일기를 제외한 모든 글은 독자, 즉 읽는 대상이 있습니다(물론 학교 다닐 때 썼던 일기는 부모님이나 선생님이 읽어보겠지 생각하니 감정이나 느낌을 솔직히 쓰기보다는 도덕적으로 모범 답안에 가까운 일기 쓰기가 많았습니다). 그것이 에세이든 학문적 연구를 위한 논문이든 청자, 독자를 생각하는 것은 가장 중요한 글쓰기의 원칙입니다. 내 글을 읽을 대상을 생각하고 써야 한다는 말입니다.

대상에게 쓰는 글은 상대가 끝까지 읽을 수 있도록 써야 합니다. 관심과 공감을 위해 친절해야 합니다. 독자의 수준에 따라 쓸 수 있는 단어와 정보, 관련 설명의 수준이 달라집니다. 독자와의 교감에 성공한다면 굳이 '좋아요'와 '구독'을 하소연하지 않아도 됩니다. 저는 오늘도 제 글을 읽을 독자들이 고민됩니다. 너를 생각하는 순간 내 글은 규정됩니다. 오늘도 전 그들에게 소홀했습니다.

내가 열심히 쓴다고 해서 내 글을 읽는 독자가 반드시 열심히 읽는 것은 아니란 걸 최근에야 알았습니다. 학문적 글쓰기는 특히 그랬습니다. 제가 쓴 논문을 바쁜 교수들이나 동료 연구자들이 꼼꼼히 읽을 것이라고 생각한 건 오산이었습니다. 대부분 초록이나 서문, 결론만 본다는 얘기를 들었을 때 많이 혼란스러웠습니다.

난 어떤 글을 쓸 것인가… 그럼에도 불구하고 전 최소한 모든 문장에 공을 들입니다. 독자가 어느 페이지의 어떤 문장을 보고 제 글을 평가할지 모르기 때문입니다. 그래서 글을 쓸 때는 어느 한 문장도 소홀히 할 수가 없습니다.

당신이 제 글의 어느 페이지에서 어떤 문장을 읽고 책을 덮을지 더 읽을지 모르기 때문입니다.

10.

오늘 또
상대방의 말을
잘랐다

연필로 쓰기

김훈

이제, 말은 소통에 기여하기보다는

인간 사이의 단절을 완성시키고 있다.

말은 말 자신을 반성하지 않는다.

김훈, 『연필로 쓰기』 (문학동네, 2019)

10. 오늘 또 상대방의 말을 잘랐다

또 끼어들었습니다. 차가 아니라 말을 하는 중에...

약속된 인터뷰가 있는 날입니다. 상대에게 보냈던 10여 개의 질문이 담긴 A4지 두 장을 챙기고 추가 질문을 써놓은 패드와 노트북도 함께 챙겼습니다. 예정대로 인터뷰가 진행되고 제가 원했던 답변이 나온다면 추가 질문은 필요 없겠죠. 주어진 약속된 시간은 1시간. 미리 도착해서 다시 한 번 질문지를 체크했습니다. 1대1 인터뷰에서 1시간은 순식간에 지나갑니다.

직업상 종종 인터뷰를 할 때가 많습니다. 질문 대상은 다른 분야의 다양한 직업에 종사하는 분들입니다. 소속 직장도 다르고 나이도 다르고 하는 일도 다르고 현재의 위치도 다릅니다. 그만큼 준비는 많이 필요합니다. 제가 인터뷰 할 때 조심하는 것들은 대충 이렇습니다.

상대를 충분히 알고 가기

설령 커피 한잔을 마시거나 간단한 점심 식사 자리라도 반드시 참석자에 대한 정보를 파악하고 갑니다. 조금만 검색하거나 노력하면 쉽게 알 수 있는데 전혀 준비 없이 갔다가 이미 언론을 통해 나온 내용이나 인터넷에 공개된 내용을 재확인하는 수준으로 아까운 시간을 낭비하게 되는 걸 피하기 위해서입니다. 직업상 내가 말을 많이 하기보다는 질문을 하는 시간이 더 많이 차지합니다. 그래서 준비는 필수입니다.

말을 할 때 중간에 자르지 않기

집에서 아내와 대화할 때도 되도록 다 듣고 난 뒤에 말하려고 노력합니다. 메시지보다는 감정이 차지하는 비율이 높은 탓에 일단 들어주는 게 중요한 걸 이제야 깨달았습니다. 하물며 일을 할 때나 인터뷰를 할 때는 더 그랬습니다. 과거에 프로그램을 만들 때도 사회자의 역할에 대해 종종 비슷한 주문을 하곤 했습니다. 대화를 절대 자르고 들어가지 말라고. 하지만 시간이 정해져 있는 방송 프로그램(생방송일 경우는 모든 대화를 다 자르고 들어가야 합니다.)의 특성상 사회자의 개입, 상대방의 개입 등으로 대부분의 대화는 중간에 끊어지는 것으로 마무리됐습니다. 요즘 유튜브에서 유명한 박문호 박사는 상대방의 말을 경청하지 않고 끼어드는 것에 대해 "호응을 빙자한 대화 주도권 낚아채기"라고 했습니다.

상대에게 집중하기

대화를 하든, 발표를 하든, 회의를 하든, 말하는 사람에게 집중하는 것은 최소한의 예의이자 의무입니다. 더구나 1대1 인터뷰라면 상대에게 오롯이 집중해줘야 합니다. 대화 내용이 제가 준비한 길이 아닌 상대에 의해 옆길로 새고 있더라도 굳이 나의 길로 다시 인도해서는 안됩니다. 중요한 건 내 생각이 아니라 인터뷰 대상자의 답변이기 때문입니다. 작가 한근태는 『재정의』에서 경청에 대해 "상대가 얘기할 때 자기 대사를 생각하지 않는 것"이라고 했습니다. 인문학자 김종원은 철학자 비트겐슈타인을 연구하며 언어에 대해 "내 언어의 한계는 내 세계의 한계이다."라고 했습니다. 그는 저서에서 자아성찰을 위한 경청을 강조하면서 "방금 태어난 아이가 된 것처럼 자신을 비우고 상대의 말을 끝까지 듣는다면 대화가 끝날 때는 처음에 짐작도 못했던 수많은 가르침을 얻게 된다."고 말합니다. 한근태, 『재정의』 (클라우드나인, 2020) / 김종원, 『내 언어의 한계는 내 세계의 한계이다』 (마인드셋, 2024)

애매한 것은 다시 물어서 확인하기

예전에는 상대방이 말을 할 때 나의 다음 질문을 준비하기 바빴습니다. 그럴 때 상대의 말을 놓칠 때가 많았습니다. 귀로는 듣고 있는데 머리로는 다른 생각을 하다 보니 들어도 듣는 게 아니었습니다. 제가 방송기자 주니어 시절에 방송 출연해서는 정반대였습니다. 제가 할 말을 준비하기 바빠 상대가 묻는 걸 제대로 들을 수가 없었습니다. 다시 묻기보다 제가 준비한 답을 하기에 바빴습니다.

상대의 눈을 보고 말하기

주한 독일문화원에서 근무하시는 분에게 들었습니다. 독일 사람들과 일을 하거나 식사 자리를 할 때 가장 어색했던 게 상대의 시선이라고 했습니다. 독일 사람들은 말을 할 때 항상 상대의 눈에서 시선을 떼지 않는다고 합니다. 연인 관계가 아니라도. 눈을 보고 말하는 게 최소한의 예의라고 하지만 우리에게는 아직도 어색한 광경입니다. 하지만, 인터뷰에서는 다릅니다. 상대의 눈은 메시지의 일부분입니다. 그만큼 '아이 컨택(Eye Contact)'은 중요합니다.

요즘 인터뷰는 비슷하거나 같은 질문을 가지고 여러 사람에게 묻는 방식으로 진행하고 있습니다. 같은 질문에 대한 서로 다른 대답은 개인과 조직을 이해하는데 많은 도움이 됩니다.

인터뷰할 때 반드시 들고 가는 것들

노트북 : 항상 들고 다니긴 하지만 1대1 인터뷰를 할 때는 볼 일이 없습니다.

패드 : 질문지를 보고, 관련 메모를 하기 위해

만년필 : 모나미 153 볼펜(을 무시하는 건 아니지만...)보다는 라미 만년필을 준비합니다. 내가 어떻게 보이는지에 영향을 미칠 수 있습니다.

작은 수첩 : 패드에 질문지가 켜져 있을 때나 급한 메모를 위해 종이는 반드시 필요합니다

디지털 녹음기 : 기술의 발전은 녹음기의 비약적인 축소로 이어졌습니다. 지우개 크기 정도로 상대방에게 양해를 구하기도 쉽습니다. AI 시대에 꼭 필요한 도구입니다.

전화 녹음 : 만약의 사태를 대비해 이중으로 녹음을 하긴 하지만 정확도는 많이 떨어집니다. 다만, 정확한 워딩의 확인이 필요할 때 녹음기와 전화기를 크로스 체크해서 확인할 수 있습니다. 꼭 특정 단어가 안 들릴 때가 종종 있습니다. 요즘은 발전된 AI 기술로 녹음 뒤 풀어주기만 해도 정확도가 꽤 높습니다.

그렇게 인터뷰를 끝내고 돌아온 뒤 디지털 녹음기를 노트북에 연결했습니다. 일단 녹음된 대화를 처음부터 그냥 들어봅니다. 예전에는 녹음 내용을 풀어내느라 많은 시간이 필요했는데, 요즘은 각종 AI를 활용한 앱의 도움을 받으면 대충의 내용을 파악하는 초기 시간은 엄청 줄어듭니다. 그렇게 인터뷰를 정리합니다.

그날 인터뷰 대상은 스타트업 대표였습니다. 대화는 물 흐르듯 잘 진행됐다고 생각했습니다. 돌아와서 녹음된 파일을 들어보고 몇 가지 실수가 보였습니다. 안 그런다고 생각했는데 많은 부분에서 제가 '끼어들고' 있었습니다.

말을 중간에 잘랐고, 대화 주제가 바뀐 것이 종종 발견됐습니다. 말허리가 잘린 대화는 첫 질문과 다른 결론으로 끝나고 있었습니다. 그게 문제였습니다. 오늘 또 상대방의 말을 잘랐습니다.

유튜브를 자주 봅니다. 전문가를 출연시켜 인터뷰를 진행하는 콘텐츠가 부쩍 많아졌습니다. 두 가지로 나눠집니다. '잘 묻고 잘 듣는 인플루언서'와 '잘 묻고 안 듣는 인플루언서'.

박경리의 표현대로 말허리를 끊고 들어왔습니다. 그렇게 급했을까요?

11.

말허리를 꺾고
알게 된 것들

연암 박지원이 제자 이서구에게

연암 박지원

글이란 자기를 표현하면 그만이다.

그런데 지금 사람들은 어떠한가?

그들은 글 제목을 앞에 놓고 붓을 잡으면

문득 옛글을 생각한다.

억지로 경서에서 찾아내고, 근엄하게 뜻을 꾸민다.

연암 박지원, 『연암집』 (신호열, 김명호 번역, 돌베개, 2007)

11. 말허리를 꺾고 알게 된 것들

박경리의 토지에는 이런 표현이 나옵니다.

"언제까지 얘기가 계속될지 권 서방은 답답하여 한숨을 내쉰다. 어찌어찌하다가 말허리를 꺾은 권 서방은 비로소 자신의 용건을 꺼낸다." 박경리, 『토지』 (마로니에북스)

말허리를 꺾는 건 상대방이 말하고 있을 때 듣던 사람이 끼어드는 겁니다. 그런데, 이런 상황이 우리 주변에서는 너무도 많습니다.

글을 쓰기 위한 것이든, 책을 쓰기 위한 것이든, 발표를 위한 것이든, 연구를 위한 것이든 인터뷰를 진행하고 나면 결론은 두 가지입니다. 만족한 인터뷰와 부족한 인터뷰.

먼저, 만족한 인터뷰는 보통 세 가지입니다.

첫째, 사전에 준비한 질문에 대한 충분한 답변이 나왔을 때.

둘째, 내가 준비한 질문 이상의 새로운 내용에 대한 답변까지 얻게 됐을 때.

셋째, 나도 생각하지 못한 것들에 대한 답변까지 얻어 기존에 만들어 놓았던 글의 개요까지 대폭 수정하게 됐다면 최상입니다.

반면, 부족한 인터뷰는 항상 예상 밖의 결과로 이어집니다.

첫째, 내가 준비한 질문에 상대방이 단답형으로 짧게 답했을 때(Yes or No).

둘째, 예상했던 답변만으로 일관됐을 때. Something New(색다른 무언가)가 없을 때.

셋째, 내가 생각지도 못했던 답변으로 사전 준비나 취재 개요가 완전히 무너졌을 경우입니다. 사실상 인터뷰 다시 해야 합니다.

STYLE

녹음을 들어본 뒤 비로소 발견하게 된 것들

부족한 인터뷰로 끝나기까지 과정에 내가 한몫을 하고 있다는 건 인터뷰 녹음을 들어보고 깨달았습니다. 상대방이 말을 하고 있을 때 중간에 내가 말허리를 꺾고 들어갔을 경우입니다. 상대방의 얼굴을 보며 열심히 말을 듣고 있을 때는 대화가 잘 진행되고 있는 것처럼 느껴집니다.

하지만, 돌아와서 다시 들어보면 내가 들었거나 내 생각과는 다른 내용으로 답변이 진행될 때가 많았습니다. 곰곰이 생각해 보니 원인은 이렇습니다.

첫째, 인터뷰이가 말을 잘하고 있는데, 그 내용을 더 끌어가기 위해서 중간에 들어갔을 때, 이후 답변이 앞과는 다르게 진행될 때가 있습니다. 이 경우 나의 방해(Interrupt)로 인터뷰이가 자신이 머릿속에 준비한 것을 잊었다고 봐야 합니다.

둘째, 내가 이해하고 있는 걸 확인하기 위해 되물었는데, 인터뷰이가 본인이 생각한 것과 내용이 달랐을 때 보통은 맞장구를 쳐주면서 내용을 이어가는 경우가 많습니다. 동방예의지국, 우리 국어가 특히 그렇습니다. 하지만, 녹음된 내용을 들어보면 상대방은 나(인터뷰어)에 대한 배려와 예의를 갖추다 보니 자신의 생각이 다르다는 걸 에둘러서 말하는 것일 가능성이 높습니다.

셋째, 대화가 아예 끊어진 경우입니다. 그(인터뷰이)와 내(인터뷰어)가 생각이 달랐을 수도 있지만, 나의 방해(Interrupt) 이후 상대방이 "네, 그렇죠." "맞습니다." 이렇게 단답형으로 대답해 허무하게 끝나기도 합니다.

그런데, 이게 인터뷰할 때만 그런 게 아니었습니다. 요즘은 전화 녹음 기능을 자주 쓰는 사람들이 많습니다. 다들 나름의 이유가 있겠지만 중요한 대화를 나눌 때 자동 녹음 기능을 쓰기도 합니다. 그 녹음을 들어보니 나의 대화법은 상대방의 얼굴을 보지 않고 얘기하는 전화 통화에서도 특징이 잘 나타났습니다. 녹음은 나의 화법을 알 수 있는 좋은 피드백 수단입니다.

과거 개그 프로그램을 통해 인터뷰하는 기자들을 흉내 내는 개그맨들이 종종 있었습니다. 마이크를 들고 상대방을 보며 거의 3초에 한 번씩 고개를 끄덕였습니다. 사실 말 한마디라도 더 이끌어내기 위해 최대한 공감하는 모습을 보여주는 필사적인 몸부림입니다.

내가 당신의 말에 고개를 끄덕일 때는 공감하니 더 해달라는 말입니다.

12.

인터뷰 당해보고 알게 된 것들

말

장 폴 사르트르

자기 자신을 빼앗긴 나는 책을 역방향으로 되읽어서

다시 독자의 입장에서 나 자신을 되찾아 보려고 했다.

장 폴 사르트르, 『말』(정명환 번역, 민음사, 2008)

12. 인터뷰 당해보고 알게 된 것들

몇 달 전부터 예정되어 있던 심층 인터뷰를 했습니다. 정확히는 당했습니다.

이번에는 제가 묻는 것이 아니라 답해야 했습니다. 해당 연구의 인터뷰 대상이 제가 된 것은 최근 몇 년 동안 관련 일을 우리 회사에서 제가 제일 오래 했기 때문이라고 생각됐습니다. 인터뷰는 회사에서 진행됐고 질문자들은 그 분야에서 저명한 교수님들이라는 걸 프로필을 보고 알았습니다. 전화 통화로 인사를 먼저 한 해당 교수들은 인터뷰가 오래 걸리지 않을 거라고 얘기하면서도 '조용한 공간'을 요구했습니다. 직감했습니다. 녹음이 필요했겠죠.

일단 수락했으니 준비가 필요했습니다. 당장, 그분들이 뭘 물을지가 궁금했습니다. 사전 질문지가 있었다면 나름대로 준비를 했을 텐데 질문지를 부탁했지만 교수들은 보내지 않았습니다. 저도 굳이 다시 요구하지도 않았습니다. 전화 통화를 통해 제가 답할 수 있는 부분이 그리 많지 않을 것이라고 얘기한 터라 대충 예상되는 질문에 대한 답변을 준비했습니다.

인터뷰 준비는 면접 준비와 비슷한 점이 있습니다. 대충 큰 틀의 주제가 있는 만큼 어떤 질문이 들어오더라도 반드시 이 내용만은 해야 되겠다고 생각되는 것들을 준비하는 것입니다. 메모도 해 놓고 시뮬레이션도 해봐야 합니다. 입사 시험에서도, 지금까지 수 없이 많이 받아왔던 면접에서도 항상 똑같았습니다. 상대방은 허를 찌르는 질문을 하지만 당황하지 않고 내가 준비한 걸 맥락에 맞게 이어나가는 게 도움이 될 때가 많았습니다. 물론 결과도 나쁘지 않았습니다. 역시 대화는 내용이 준비되지 않았다면 감정이라도 받쳐줘야 합니다. 상대와의 교감은 언제나 중요했습니다.

묻는 말에만 대답하고 싶었지만...

인터뷰 전문가들은 쉬운 것부터 물었습니다. 다만 답하기 쉬운 질문이라도 예상 가능한 답을 하지 않으려고 노력했습니다. 입장을 바꿔서 제가 질문을 할 때도 그랬으니까요.

인터뷰가 진행되니 본격적인 질문이 이어졌습니다. 뒤로 갈수록 예상했던 질문들에 전 앞서 답해왔던 제 논리가 흔들리지 않으려고 노력했습니다. 개인적인 생각을 말할 수도 있었지만 제 생각이 조직의 입장을 대변하는 것이 될 수 있는 만큼 민감한 주제에 대해서는 개인적인 사견임을 전제로 부연 설명을 해야 했습니다.

몇 개의 질문은 받는 순간 제가 아는 게 없거나 생각을 정리하기가 어려운 것들도 있었습니다. 예상 질문에는 전혀 없었던 내용입니다. 솔직히 말했습니다. "이 부분에 대해서는 제가 준비된 것이 없어(제가 아는 게 없어) 길게 답변드릴 수는 없을 것 같습니다. 다만, 이렇게 말씀드릴 수 있을 것 같습니다."

인터뷰가 끝난 뒤

제 대답이 질문의 내용을 훨씬 넘어서 질문자가 앞으로 할 질문에 대한 대답까지 먼저 하는 것도 종종 있었습니다. 말하자면 김이 빠지게 하는 것입니다. 이런 대화는 이후 질문에서 맥이 빠지게 했고 약간의 중언부언, 같은 내용 반복으로 이어졌습니다. 말하자면 아까운 시간을 조금 허비한 겁니다.

인터뷰를 할 때 저도 마지막은 하고 싶은 말이나 부족했던 걸 얘기해 달라고 할 때가 많습니다. 하지만, 제가 인터뷰를 당할 때 막상 같은 질문을 받고 보니 인터뷰 중간중간에 메모를 더 해놨어야 했다는 생각이 들었습니다.

STYLE

첫째, 질문의 요지를 정확히 파악해야 합니다. 질문을 받은 뒤

제가 바로 느낀 질문의 요지는 기존의 내 생각 회로에 저장된 논리대로 정리되기 쉬웠습니다. 하지만, 애매한 질문의 요지를 다시 물었을 때는 대부분 제가 생각한 내용의 질문이 아닐 경우가 많았습니다. 제 생각의 회로는 가장 쉬운 경로를 따르기 때문입니다.

둘째, 결론을 먼저 얘기하고 뒤에 부연 설명을 해주는 게 좋습니다. 오해가 없어지고 훨씬 명료해집니다. 말하자면 영어식 답변이라고 볼 수 있습니다. 주어와 서술어를 분명히 해주고 두괄식으로 결론을 말한 뒤 하나, 둘, 셋 이렇게 부연 설명을 해주니 듣는 질문하는 사람들과의 오해가 없었습니다. 그들도 메모하기가 쉬웠던 것처럼 보였습니다.

셋째, 묻는 말에 대한 것만 정확하게 얘기해 주는 게 좋습니다. 얘기를 하다 보니 갑자기 떠오르는 생각이 부연 설명되곤 했습니다. 그러면 종종 얘기는 옆길로 새기도 하고 결국 뒤에 나올 질문을 먼저 대답하는 일도 종종 있었습니다. 그들의 인터뷰가 크게 꼬이게 되는 겁니다.

넷째, 강조하고 싶은 건 몇 번 반복해서 정확히 짚어주는 게 좋습니다. "아까도 말씀드렸지만, 다시 한 번 말씀드리겠지만, 여러 번 반복하게 되는데, 결국 같은 이유로" 등으로 말머리를 시작한 뒤 거듭 반복해서 짚어준 것은 상대방도 비슷한 중요도로 인식하는 것으로 보였습니다.

다섯째, 답변 중간중간에 부족하거나 필요한 걸 메모해 뒀어야. 마지막 질문에서 기회를 주면 그때 말해줍니다. 이것 역시 중요한 것 같습니다. 중간에 키워드를 메모해 두니 마지막에 잊지 않고 말할 수 있었습니다. 그렇지 않고 나중에 얘기해야지 넘어간 것은 결국 하나도 생각나지 않았습니다.

예정된 시간을 훌쩍 넘겨 2시간여 동안 진행됐습니다. 프로젝트 연구 보고서를 쓰기 위한 심층 인터뷰인 만큼 예정된 시간보다 인터뷰가 길게 진행됐다는 건 일단 다행이었습니다. 상대방이 나에게 얻을 게 많았거나 적어도 자기들 생각과 다른 뭔가가 있었다고 보면 시간을 허비하지 않은 겁니다. 아니 그렇게 생각하니 마음이 편했습니다.

상대 입장이 되어봐야 압니다. 내가 뭘 고쳐야 하는지.

Part 5

Live

스타일에 날개 달기

STYLE

STYLE

실패			나	스타일 (Style)	나	성공		
결과	2차	1차				1차	2차	결과
기억나지 않는다	지금 와닿지 않는다	실감 나지 않는다	**살아있지 않은**	**Live**	**지금 이 순간**	살아 숨 쉰다	생생하다	**기억한다**

스타일을 살린다 → 지금 얘기를 한다. 말하듯이 쓴다. 구어체로 쓴다. 살아있는 글과 말을 쓴다.

스타일을 살리지 못한다 → 과거 얘기를 한다. 말하듯이 쓰지 않는다. 문어체로 쓴다. 죽어있는 글과 말을 쓴다.

13.

왜 내 말을
못 알아들을까

묘사의 힘

샌드라 거스

말하지 말고 보여주라!

Show! Don't tell.

샌드라 거스, 『묘사의 힘』 (지여울 번역, 윌북, 2021)

13. 왜 내 말을 못 알아들을까

고수(高手)는 어떤 사람인가?

작가 서태공에 따르면 "고수는 그 분야에서 자유로운 사람"입니다. 서태공, 『퇴사하기 전에 나도 책 한 권 써볼까?』 (달아실, 2020) 다양한 분야의 고수들을 생각해 보면 이 말이 고수의 핵심을 제대로 짚은 훌륭한 정의라고 생각됩니다. 이세돌은 바둑을 둘 때 자유롭고, 박세리 선수는(물론 요즘은 TV 예능에서 어떤 방송인 못지않은 활약을 보여주고 있지만) 골프채를 휘두를 때 가장 자유롭습니다. 백종원이나 이연복 셰프는 사업가나 방송인이기 이전에 요리를 위해 화구 앞에 국자를 들고 섰을 때 가장 자유로워 보입니다. 야구선수 이대호는 배트를 들면, 류현진은 야구공을 던질 때 누구보다 자유롭습니다.

다른 내용이기는 하지만 한 불교 경전에는 "그물에 걸리지 않는 바람처럼 진흙에 더럽히지 않은 연꽃처럼 무소의 뿔처럼 혼자서 가라."는 유명한 구절이 있습니다. 같은 의미에서 바람은 그물에서 자유롭습니다.

한 분야를 오래 전공하고 연구한 교수들은 자신의 분야에서만큼은 생각이 막힘이 없고 사소한 것에 얽매일 가능성이 낮습니다. '고수는 ~로부터 자유롭다'는 똑같은 구조의 정의를 작가 한근태는 『재정의』에서 '부자'를 그렇게 봤습니다.

"부자는 돈으로부터 자유로운 사람"

그렇습니다. 돈에 연연하지 않고 돈을 의식하지 않는 사람이 부자입니다. 누군가는 그랬습니다. 고급차를 몰면서 어느 주유소의 기름값이 더 싼 지 검색하거나, 찾아서 다닌다면 자신의 깜냥에 맞지 않는 차를 모는 거라고.

어떤 분야의 고수가 그 세계에서 자유로운 사람이라면 고수는 적어도 그 일을 할 때는 몸에 힘이 들지 않고 자유롭습니다. 여기서 한 작가의 『재정의』에 딱 들어맞는 표현이 있습니다. "힘이 든다." 한 작가는 어떤 일을 할 때 힘이 든다는 걸 "의미를 모른다."로 정의했습니다. 의미를 모르니까 힘이 듭니다. 어디선가 헤매고 있다는 뜻입니다. 운동의 고수들은 힘을 뺄 줄 압니다. 힘을 빼야 몸의 관절이 제대로 돌아갑니다. 한근태, 『재정의』 (클라우드나인, 2020)

진짜 1만 시간이면 될까?

그렇다면 어떤 분야의 일을 할 때 힘이 들지 않는 고수가 되려면 얼마만큼의 시간과 공을 들여야 할까요? 이건 분야에 따라 다릅니다. 한 때 '1만 시간의 법칙'이란 게 유행했습니다. 심리학자 에릭슨(K. A. Ericsson)은 바이올린에서 전문가와 아마추어의 실력 차이는 만 시간을 연습하느냐에 따라 나뉜다고 했습니다. 이런 내용은 말콤 글래드웰(Malcolm Gladwell)의 저서인 『아웃라이어(Outliers)』를 통해 더욱 잘 알려졌습니다. 10,000시간은 하루에 얼마만큼 시간을 보내느냐에 따라 다릅니다. Malcolm Gladwell, 『Outliers: The Story of Success』 (Back Bay Books, 2009)

1일 3시간 → 1달 90시간 → 1년 1080시간 → 10년 걸림
1일 5시간 → 1달 150시간 → 1년 1800시간 → 6년 걸림
1일 10시간 → 1달 300시간 → 1년 3600시간 → 3년 걸림

고수가 되려고 마음먹었다면 하루 10시간 투자해서 3년이면 될까요?

말 잘하고 글 잘 쓰는 사람들을 살펴봤습니다. 조승연 작가는 외국어를 공부할 때 자유자재로 모국어처럼 말을 하고 글을 쓰는 단계를 '숙달하다, 통달하다' 뜻을 가진 단어인 Mastery를 가졌다고 해서 'Have productive mastery'라고 했습니다. 조승연, 『플루언트』 (와이즈베리, 2016) 뜻에 맞는 단어를 찾아서 제대로 표현할 수 있는 능력을 가졌다는 말인데 영어에서 이 단계에 오르려면 하루 3시간 투자할 때 10년이면 될까요? 아닌 것 같습니다. 우리나라의 40대(시사영어, 성문OO영어, 민병철 생활영어, 오성식의 굿모

닝팝스 안 해본 적이 없고, 책장 가득 영단어 암기법, 각종 토익책이 자리를 차지하고 있으며, OO 공부 절대 하지 마라 등 각종 비법 책 수십 권 안 사본 적이 없고, 유튜브에서도 아직까지 영어 비법 관련 콘텐츠에 눈이 가는 보편적인 필자 또래의 직장인)의 경우 영어 공부를 최소 10년 이상은 했을 텐데 통달은 고사하고 아직도 외국인 앞에만 서면 작아진다고 하는 사람들이 많습니다.

그 분야에서만큼은 자유로운 고수에 대한 정의를 글과 말에 대입해 보면 어떨까요? 말을 잘하는 고수. 말의 고수는 일단 말로부터 자유로운 사람입니다. 말을 할 때 자유로운 사람은 두 가지입니다.

첫째, 진짜 말을 잘하는 사람의 말은 시기와 맥락이 지금 이 순간에 딱 들어맞아 자유롭습니다.

어떤 사람이 조리 있게 말을 잘합니다. 그 사람의 머릿속에서는 다음 말을 생각하지 않고 술술 말이 풀려나옵니다. 이런 말은 듣는 사람도 이해가 잘 됩니다. 말하는 사람과 듣는 사람 사이에 아무런 장벽이 없는 상태입니다. 말하는 사람은 진정한 고수라고 볼 수 있습니다. 듣는 사람이 말을 잘 이해하게 될 때 우리 말에서는 '가다'란 말을 씁니다. '가다'는 국어사전에서 어떤 일에 대해 납득이나 이해, 짐작이 된다는 말입니다. 예를 들면 말을 듣고 이해가 가고, 세상이 바뀐 것이 실감이 가고, 선배의 경험담에 수긍이 가고, 그동안 무슨 일이 있었는지 짐작이 가고, 상대방의 처지에 동정이 갑니다.

둘째, 말은 잘하는 것 같은데 듣는 사람에게는 그렇게 다가오지 않는 말은 자유롭지 않습니다.

말하는 사람은 거침없이 말을 하는데 듣는 사람은 도통 무슨 말인지 이해하기 어려운 상황에서는 말하는 사람은 자유롭되 듣는 사람은 자유롭지 않습니다. 말은 듣는 순간의 시기와 맥락이 들어맞지 않기 때문입니다. 앞의 말이 이해가 되지 않아 생각을 붙들고 있다 보니 다음 말을 놓치게 되고 생각은 건너뛰게 됩니다. 소통이 실패한 상황입니다. 말이나 글에서 중요한 것은 듣는 사람이나 읽는 사람이 거꾸로 '오게' 만드는 데 있다고 볼 수 있습니다. 상대방이 오게 만드는 데 실패한 사람은 말이나 글의 고수가 아닙니다.

STYLE

글과 말의 고수는 그렇습니다. 시기와 맥락이 들어맞아 지금 살아있습니다(Live).

첫째, 일단 말하거나 글 쓸 때 무언가에 얽매이지 않고 술술 풀려나와야 합니다. 말할 때 글 쓸 때 내가 힘들면 안 됩니다. 이를 충족하면 일단 진정한 고수의 충분조건이 완료됩니다.

둘째, 내가 글을 쓰거나 말을 하는데, 상대방이 오게 만들어야 합니다. 상대가 공감이 가고, 이해가 가고, 수긍이 가고, 납득이 가게 만들어야 합니다. 그러면 화자와 청자 사이의 거리는 줄어듭니다. 여기까지 되면 고수의 필요조건까지 완료됩니다.

그렇다면, 어떻게 말을 하고 글을 써야 상대를 나에게 '가고' '오게' 만들 수 있을까요? 답은 '유(You)'(그대, 당신, 상대, 불특정 다수의 시청자, 청취자, 독자)를 항상 염두에 두는 것에 있습니다. 그래야 살아있는 말이 됩니다.

1미터 앞의 사람에게 다가가는 게 수십 킬로미터 떨어진 사람과 전화보다 어려울 때가 있습니다.

14.

말만 잘해도
먹고 살더라

네 가지 글 쓰는 방법

연암 박지원

어떻게 해야 정감 있게 쓸 수 있는가?

이별할 때 그 슬픈 정감을 표현하되

마음을 말하지 않고 주변 정경을 묘사하듯,

새는 지저귀고 꽃은 피었으며

물은 초록빛이고 산은 푸르더라고

표현해야 한다.

연암 박지원, 『연암집』 (신호열, 김명호 번역, 돌베개, 2007)

14. 말만 잘해도 먹고 살더라

말이 직업인 사람들

저는 기자입니다. 직장 생활을 한지는 23년이 됐습니다. 아내는 쇼호스트입니다. 저보다 훨씬 오랫동안 마이크 앞에 섰습니다. 누가 더 말을 잘할까요? 결론부터 말씀드리면 제가 보기에는 아내가 훨씬 말을 잘합니다. 어떤 사안(생소한 것)에 대해 스토리텔링을 통해 사람들을 이해시키는 능력은 탁월합니다. 얘기에는 기승전결이 있습니다.

제 주변에는 뉴스가 어렵다는 분들이 있습니다. 기자들의 말이 잘 들리지 않는다고 합니다. 뉴스의 배경을 모르는 사람들에게는 이해가 쉽지 않다고 합니다. 심지어 말까지 빠르다고 합니다. 요즘 TV를 틀어보면 그렇습니다. 말은 빠르고 좀처럼 잘 들리지 않습니다. TV는 온라인 동영상 플랫폼에게 자리를 내주고 있습니다. 유튜브가 대세라고 하죠. 유튜브에서는 강호의 고수들이 각축전을 벌이고 있습니다. 전통적인 매체 출신은 물론 신흥 강호들과 인플루언서들이 체급 없는 단판 승부를 벌이고 있습니다. 말 잘하는 사람들이 많습니다. 저희는 종종 이런 얘기를 합니다. 말만 잘해도 먹고살더라…

말만 잘해도 먹고살 수 있을까요? 저의 경험으로 보면 맞습니다. 많이 알아서 말을 잘할 수도 있지만, 제가 보기에는 말을 하는 능력에 있어서는 지식이 절대적인 것은 아닙니다. 예를 들어 기자들의 경우입니다. 기자들은 부서 이동을 자주 합니다. 1년에 한 번씩 출입처가 바뀌는 경우가 많습니다. 출입처가 바뀌는 것은 취재 대상이 아예 달라지는 것을 의미합니다. 대상이 달라지면 기자가 쓰는 글과 말의 내용이 전혀 달라집니다.

그럼에도 불구하고, 한 출입처에서 글을 잘 쓰고 말을 잘하는 기자는 다른 부서에서도 말을 잘하는 경우가 많습니다. 그런 탓에 취재를 잘하는 기자와 생방송 출연에서 말을 잘하는 기자가 꼭 일치하지는 않습니다. 말을 잘하는 기자들은 어떻게 말을 할까요? 기자의 말하기가 논리에 중점을 두고 있다면 쇼호스트의 말하기는 설득입니다.

촉촉함인가 탄력인가?

먹방의 시대입니다. 요리 관련 TV 프로그램을 유난히 많이 볼 수 있는데요. 한 예능 채널에서 유명 요리 전문가가 운동선수 출신의 이른바 '요린이'(요리+초보자)들에게 음식 만드는 방법을 가르쳐주고 있습니다. 원료를 다듬는 것부터 칼 써는 것까지 요린이들의 요리 실력은 좌충우돌하고 있습니다. 도마 위의 칼은 외줄 타기를 하고 있습니다. 어느 것 하나 쉬운 것이 없죠. 당연히 질문도 많습니다. 씻고, 다듬고, 자르고, 넣고, 볶고, 무치고, 데우고... 요리의 전 과정에서 요린이들의 질문이 이어집니다. 요리 전문가는 자세히 설명해주기도 하지만, 때로는 버럭 하기도 합니다. 하지만, 요린이가 따라가기는 쉽지 않습니다. 실수가 계속 나옵니다.

어떤 요리 연구가는 초보자도 알 수 있는 쉬운 방법을 개발해 "이것만 하면 훌륭한 요리가 된다."며 누구나 따라 할 수 있는 쉬운 레시피를 알려줍니다. 이상하게 따라만 하면 어느 정도 맛이 나기는 합니다. 또 다른 전문가는 너무도 많은 재료로 속도를 내는 탓에 아예 따라가기가 힘듭니다. 하나, 둘, 셋 이렇게 순서를 나눠 설명은 하지만 시청자들은 왜 저렇게 순서가 나뉘어 있는지 이유는 모릅니다. 그저 따라가기에 바쁩니다.

아내가 얘기합니다. "아니 왜 저렇게 어떤 건 얇게 썰어야 하고, 저건 왜 크게 썰어야 하는지 근본 원리를 설명을 해주면 될 텐데... 원료에 따라 익는 시간, 간이 배는 시간이 다른 거잖아."

과거 어느 때보다 젊은 세대들의 골프에 대한 관심이 높다고 합니다. 코로나19 팬데믹 당시에는 실내나 밀접 접촉하는 운동이 어려워 야외에서 거리 두기가 가능한 골프가 대안이 됐다고도 합니다. 그때만큼은 아니지만 지금도 젊은 층을 비롯해 골프는 세대를 초월해 인기가 아직 식지 않은 듯 합니다. 유튜브를 검색해 보면 '골린이'들에게 골프를 가르쳐 주는 콘텐츠가 많습니다. 요즘 숏츠가 유행이죠. 골프를 치지 않는 저에게도 골프 프로들을 비롯한 전문가들의 골프 요령과 꿀팁(비법)을 전하는 숏츠가 많이 뜹니다. 기발한 요령도 많고 그냥 봐도 재밌습니다.

그런데 골린이들이 골프를 처음 시작하는 과정은 너무도 힘듭니다. 요린이가 달걀 프라이 만드는 것조차 힘든 것과 같습니다. 어떤 프로는 골반을 잡으라고 하고, 어떤 프로는 팔을 고정시키라고 하고, 어떤 프로는 궤도를 일직선으로 가라고 하고... 그런 와중에 한 골프 프로가 진행하는 채널이 유난히 눈에 띕니다.

"저렇게 원리를 짚어주니 왜 그렇게 자세를 하라고 하는지 알겠네. 결국 말만 다를 뿐 다 같은 얘기인데..."

쇼호스트는 제품이나 상품을 시청자, 즉 직접 볼 수 없는 모르는 사람들에게 소개하고 파는 사람입니다. 시청자들은 방송을 하는 그 시간에 용케 채널을 돌리다가 맞닥뜨린 사람들입니다. 쇼호스트의 경쟁력은 어디에서 나올까요? 예를 들어 TV 홈쇼핑이라면 그 시간대에 채널에 걸려든 불특정 다수의 시청자들에게 제품을 설명하고 구매로 이어지게 만들어야 합니다. 안 사겠다고 마음을 먹은 시청자들을 어느덧 구매에 나서게 만드는 쇼호스트의 말하기에서는 메시지가 중요합니다. 지금 무엇을 팔고 있는 것인가?

쇼호스트의 메시지는 간결합니다. 흔히 화장품이라고 하는 미용 제품도 마찬가지입니다. 메시지가 많으면 특징이 잘 드러나지 않고 다른 제품과 차별화가 되지 않습니다. 만병통치약이 우리 몸에 그다지 큰 효능이 있을 것 같지 않은 이유는 바로 그 때문입니다. 피부에 바르는 화장품은 수없이 많은 종류가 있습니다. 핵심을 부각한 뒤 원리를 설명하고 다양하게 반복합니다. 상투적으로 들리지 않게 이것저것 얘기를 하기도 합니다. 하지만, 결국은 같은 얘기입니다.

촉촉함과 탄력을 동시에 얘기하지 않습니다. 촉촉함을 무기로 내세운 제품이라면 탄력은 버립니다. 그래야 시청자들에게 각인되고 오래 남습니다. 그게 본질입니다. 피부에 광이 나고, 어려 보이고, 탄력을 주고, 주름을 없애주는 그런 화장품은 없습니다. 만병통치약이 없듯이 말입니다. 많은 얘기 끝에 남는 것은 하나도 없습니다. 문제는 화장품은 의약품이 아닌 탓에 쓸 수 있는 단어, 할 수 있는 말조차도 극히 제한적이라는 사실입니다. 어디에 좋다고 하고 싶은데 그렇게 무심코 말하는 순간 효능을 과대 포장하게 되고 방송 심의는 그걸 허락하지 않습니다. 어떻게 말해야 할까요?

내가 무슨 말을 하는지 아는 데까지 10년

혹시 자신의 말을 녹음해서 들어본 적이 있으십니까? 요즘은 유튜브가 나와서 그럴 기회가 더 늘었는지 모릅니다. 혹시 없다면 한 번쯤 녹음해서 들어보는 건 자신의 말투나 습관, 화법을 파악하는데 큰 도움이 됩니다. 원고를 쓰거나 인위적으로 말하는 상황보다는 상대방과 전화 통화할 때 녹음을 해봐도 좋고, 발표나 프레젠테이션을 해야 한다면 직접 녹화해서 보는 것도 좋습니다.

한 번 해보면 놀랄 때가 많습니다. 내 말이 생각보다 논리 정연하지 않거나 말을 어렵게 하거나 중언부언하거나 결론이 산으로 가는 경우도 있습니다. 시작할 때 전하려던 메시지가 다른 말로 끝나기도 합니다. 이유는 단 하나입니다. 생각나는 대로 말을 하기 때문입니다. 이런 상황에서 다른 사람이 나를 이해하기를 바라는 것은 과한 기대입니다. 말하기는 단지 생각을 입 밖으로 꺼내는 것이 아닙니다. 말을 시작할 때 항상 염두에 둬야 하는 것은 말을 어떻게 끝낼지를 대충이라도 생각해둬야 한다는 겁니다.

생방송을 진행하는 쇼호스트는 입사하자마자 얼마 되지 않아 곧바로 생방송에 투입됩니다. 하루에 몇 시간 이상 소화해야 하는 대본 없는 말하기입니다. 대본이 없는 말하기는 어떻게 가능할까요? 아내는 정신 차리고 말하는데 10년이 걸렸다고 합니다. 이때 정신을 차린다는 것은 자기가 무슨 말을 하는지를 알 수 있다는 얘기입니다. 자신의 말이 상대방에게 어떻게 느껴지고 들리는지에 대해서 알 수 있는 단계입니다.

STYLE

"내가 하고 싶은 말을 하는 게 아니라, 이 상품을 상대방이 어떻게 느낄까에 대해 고민해야 해. 핸드폰을 판다고 하면 그걸 들고 '얘는 어떤 거예요' '얘는 좋아요' '얘는 달라요' '얘는 최신이에요' 하고 싶은 말을 늘어놓기만 하는 게 아니라 상대방이 어떤 생각을 하고 피드백은 어떻게 오고 있고, 주문은 어떻게 오고 있고, 어떤 말을 했을 때 반응이 오고, 어떤 부분에서 채널이 돌아가는지 끊임없이 체크하는 눈치의 말하기가 필요해. 그 순간에 나는 손으로 핸드폰을 들까, 볼펜을 들까, 말을 하면서도 머릿속에서는 다음 말은 무엇을 하고, 순간순간 어휘 선택 전략을 생각해. 내 말이 시청자들에게 어떻게 들릴까?"

TV를 봅니다. 출연자들의 얘기를 듣습니다. 어떤 말은 무슨 얘기인지 모르겠고, 어떤 말은 나쁜 게 나쁜 것만은 아니라고 했다가, 결국은 나쁘다고 볼 수 있다고 합니다. 이른바 팩트인 사실은 없고 자신의 생각과 의견, 분석만을 전하는 경우도 있습니다. 논쟁을 피하기 위해 양비론을 쓰거나 답답한 말하기, 책잡히지 않기 위한 말하기, 상대의 질문과 상관없이 내가 하고 싶은 말만 하는 말하기는 듣는 사람을 피곤하게 하는 무책임한 말하기입니다. 지금 무슨 얘기를 하고 있지라는 의문은 채널을 돌리게 합니다.

글에 문체가 있다면 말에는 어투가 있습니다. 사전적 의미에 따르면 문체는 글의 몸통이고 어투는 말을 하는 버릇이나 본새입니다. 문체와 어투는 글과 말의 몸통이나 뼈대지만 내용 자체보다는 그걸 어떻게 전달하는지 그 방식을 의미합니다. 혹시 모르는 사람의 글을 읽었을 때 누가 쓴 건지 필자가 떠오른 적이 있으신가요? 소위 글발이 좀 있는 대가들은 말이나 글에서 개성과 힘이 드러나기 마련입니다. 자주 쓰는 단어가 있을 수 있고 글을 시작하고 끝맺는 방식에서도 특징이 드러납니다.

600년 전 14세기에도 그랬고 지금도 그렇습니다.

15.

스타일 제대로 살린 고수들

말

장 폴 사르트르

나는 오직 글쓰기를 위해서만 존재했으며,

'나'라는 말은

'글을 쓰는 나'를 의미할 따름이었다.

장 폴 사르트르, 『말』 (정명환 번역, 민음사, 2008)

15. 스타일 제대로 살린 고수들

어릴 때부터 책을 좋아하는 외할아버지와 어머니의 영향으로 집에는 항상 책이 많았습니다. 책 소유욕은 자연스럽게 불어나는 책장으로 이어졌습니다. 그리고 지금은 최소한의 책만 남겨두고 모두 기부하거나 중고서적으로 내다 팔았습니다. 모두 4번입니다. 책이 내게 들어오고 나갔던 큰 시기를 구분해 보면 이렇습니다.

Scene 1. 1차 분서갱유 분서갱유(焚書坑儒), 책을 불태우고 학자를 묻음

중고등학교 시절을 거쳐 대학에 갈 때까지 꽤 많은 책이 있었습니다. 자기계발서를 비롯해서, 문학, 에세이 등이 빼곡했습니다. 원룸과 오피스텔을 전전긍긍하던 결혼 전까지 책은 곧 짐이었습니다. 이삿짐센터에서 제일 싫어하는 고객은 학자나 교수라는 얘기를 들었습니다. 일단 책이 많은 직업들입니다. 큰 가구나 가전제품

처럼 당장 눈앞에 짐이 많이 없는 것처럼 보이지만, 집에 있는 모든 짐 가운데 책은 부피 대비 가장 무겁고, 짐을 싸기 불편하며, 손이 많이 가는 이삿짐이라고 이삿짐 업체분들이 얘기했습니다. 제 경험으로 봐도 확실히 그렇습니다.

그렇게 모였던 책들은 대학 졸업과 입사와 동시에 트럭 한 대분의 기부로 이어졌습니다. 아무리 봐도 버리기 어려운 책들이 오피스텔을 옮길 때마다 따라다녔지만 제목과 표지만 눈에 익숙할 뿐 절대 두 번은 읽지 않는 그런 책들이었습니다. 눈앞에 보이면 아깝지만 눈앞에 보이지 않으니 생각도 나지 않았습니다. 책과 사람은 그렇게 닮았습니다.

Scene 2. 2차 분서갱유

직장인이 되면서 남는 시간은 부족했습니다. 특히 나를 위한 시간, 글 읽을 시간, 공부할 시간... 부족한 시간은 다시 책을 구입함으로써 대리 만족을 얻게 됐습니다. 일단 사고 봅니다. 베스트셀러 상위권을 차지하는 자기계발서, 문학, 국내외 유명 작가들의 신작은 서점에 갈 시간이 없던 제게 의무이자 숙제였습니다. 인터넷 서점의 높은 할인율은 책 소비를 위한 손쉬운 마중물이었습니다. 그렇게 십여 년을 지나니 다시 예전만큼의 책이 쌓였습니다. 제목만 봐도 뿌듯하고 보기에 좋은 두꺼운 양장본의 고전과 서적들도 꽤 많았습니다.

읽지 않았던 책은 제외하고 한 번은 봤지만 두 번은 열지 않는 책들을 다시 중고서점에 내다 팔았습니다. 인터넷 기반의 대형 서점들이 중고책 사고팔기를 쉽게 만들어 놓은 탓에 고민하는 시간은 길었지만, 정작 파는 시간은 짧았습니다. 오랜 기간 책장을 차지했지만 처분에는 채 몇 분도 걸리지 않은 많은 책들이 그렇게 또 눈앞에서, 마음에서 잊혀 갔습니다.

Scene 3. 3차 분서갱유

챗GPT가 나오고, AI 시대가 되면서 쏟아지는 책들이 너무 많습니다. 읽은 책보다는 읽어야 하는 책들이 너무 많았고, 기존의 책들은 다시 찾아보기에는 너무 번거롭습니다. 방안에 둘 공간도 없습니다. 유명한 중고 서적 앱을 열었습니다. 도합 일곱 박스 분량의 책을 중고 서점에 팔았습니다. 살 때와 달리 내다 팔 때는 얼마 되지 않았습니다. 줄을 긋거나 메모라도 한 책은 팔리지도 않았습니다. 그냥 필요한 분들이 가져다 읽으면 좋겠습니다.

그래도 살아남은 책들...

책장에 남아있는 책들은 대충 두 가지입니다.

첫째, 여러 번 읽었지만 또 읽을 때마다 처음 읽는 것 같은 재미를 주는 책.

둘째, 여러 번 읽었지만 읽을 때마다 어렵고, 어렵지만, 읽어야만 하는 의무감에 좀처럼 버릴 수 없는 책입니다. 대부분 말을 잘하거나 글 좀 잘 쓴다는 고수들이 칭찬하는 그런 책들입니다. 많은 사람들이 있지만 대비되는 두 사람이 있습니다.

(두 사람에 대한 평가는 어떤 점을 부각해 보느냐에 따라 상반되거나 엇갈리는 경우가 많으므로, 이 글에서는 개인에 대한 평가를 제외하고 '말하고 글 쓰는 법'에 국한해서만 보기로 합니다.)

먼저, 유시민

유시민 작가는 서점가와 방송, 유튜브 등 미디어 시장에서 흥행이 보증된 브랜드 파워를 가지고 있습니다. 유시민 작가와 방송 프로그램을 만들어보면 압니다. 요즘은 방송 이후 유튜브를 통한 듀얼 퍼블리싱이 이뤄지기 때문에 단순 방송 시청률로 알 수 없었던 유입 경로를 잘 분석할 수 있습니다. 유시민 작가와 진행했던 방송의 유튜브 클립을 통한 시청의 키워드 대부분은 검색어 '유시민'을 타고 들어옵니다. 댓글도 폭발적입니다. 많은 책을 출간하면 성공과 실패작들이 있기 마련인데 유 작가의 책들은 대부분 출간 즉시 상위권, 이후 몇 번의 재인쇄로 흥행 가도를 달립니다.

'브랜드 파워' 유시민 작가는 글 쓰기와 책 읽기에 대한 교육이나 노하우 전수에도 열심입니다. 고등학교 시절 『거꾸로 읽는 세계사』를 시작으로 지금까지 유 작가가 펴낸 책의 대부분을 사서 읽었고, 지금도 책장에 꽤 여러 책이 남아있습니다. 글발 있는 유 작가가 강조하는 글 쓰는 방법은 제대로 된 잘 쓴 글을 여러 번 읽어서 내 것으로 만드는 겁니다. 유 작가는 박경리의 『토지』를 몇 번씩 읽고 또 읽었다고 합니다. 유 작가의 글은 생동감이 넘치고 독자의 공감을 얻기 위해 어려운 말을 돌려서 하지 않습니다. 그렇다고 현실적인 관점과 분석을 빼놓지도 않습니다. 메시지는 분명하고 설득은 논리적입니다. 장르를 넘나드는 유 작가는 칼 세이건의 『코스모스』를 옛날부터 추천해 왔고 『문과 남자의 과학 공부』를 출간했습니다.

다음, 고은

반면, 무릎 탁 치는 언어의 마술사, 고은의 시는 읽는 시가 아닌 낭독하는 시입니다. 보편적인 감정을 우리말로 표현하지만 그걸 위해 잘 쓴 남의 글을 읽는 것에 대해 극도로 비판적입니다. 시 강의에서는 기존의 어떤 이론도 배제하며, 표현이 문법이나 장르, 형식이나 양식을 거부합니다. 한정원 작가와의 인터뷰에서 고은은 그렇게 얘기합니다.

"표현은 따라오게 되어 있다. 수레바퀴가 굴러가면 바퀴 자국이 생기는데 이게 표현의 문법이자 장르, 양식이다." 한정원, 『명사들의 문장 강화』(나무의 철학, 2014)

문법이나 글 쓰는 방법이 먼저가 아닙니다. 글이 먼저라는 거죠. 형식은 다음입니다. 이른바 '수레바퀴와 바퀴자국론'입니다. 그렇게 고은의 시는 언어를 거부하는 고승(효봉스님)의 영향과 시대적 분위기 속에 자신만의 장르를 만들었습니다. 그런데 이게 일반인들에게는 쉽지 않은 일입니다. 가령 이런 시입니다.

내려갈 때 보았네

올라갈 때 보지 못한

그 꽃

고은, 『순간의 꽃』 (문학동네, 2014)

그럼에도 불구하고 제가 고은을 꼽는 이유는 다음에 있습니다. 고은 시인은 후천적인 단련도 강조합니다. 천재성이 다가 아니라는 겁니다. 재능이 아무리 있어도 내 곁을 무심코 지나쳐 가는 꽃을 보는 눈이 없으면 결코 보이지 않기 때문입니다. 보는 눈은 연습을 해야 길러집니다. 유홍준 전 문화재청장이 강조한 "아는 만큼 보인다."와 비슷합니다. 자꾸 보다 보면 안목이 생기고, 안목이 생기면 평소에 지나치던 것들도 눈에 들어옵니다. 고은의 '순간의 꽃'은 그런 눈을 강조한 시라고 생각됩니다.

STYLE

글 잘 쓰는 두 고수는 이렇게 다르지만 어떤 점에서는 서로 너무도 닮았습니다. 유시민 작가의 책에서는 유 작가의 목소리가 들리는 듯하고, 고은 시인의 시는 글이 살아 움직입니다. 책을 읽고 있어도 저자의 음성을 직접 듣는 듯하며, 구어체가 아니지만 낭독에 최적화되어 있습니다. 그것이 박경리의 『토지』에서 왔던, 자연에 대한 관찰과 영감, 노력에서 왔던 두 사람 고유의 톤으로 남았습니다. 두 고수의 글이 살아있는(Live) 이유는 이렇습니다.

유시민의 스타일은 길게 늘어 쓰지 않고(Short), 톤(Tone)이 살아 있으며(Live), 글을 읽거나 말을 듣는 청자(You)를 항상 생각하고, 표현은 맛깔납니다. 고은의 스타일은 짧음의 극치이며(Short), 와인의 블라인드 테스트와 같은 실험을 해도 쉽게 찾을 수 있는 '고은체'가 있습니다(Tone). 독자와 공감하며(You), 낭독에 최적화되어 있지만 읽기만 해도 살아 숨 쉽니다(Live). 이 모든 것은 풍부한 표현이 되어 완결됩니다(Expressive).

그렇게 생각하고 보니 또 그런 것 같습니다. 그래서 정의(Definition)가 중요합니다.

Part 6

Expressive

스타일로 차별화하기

STYLE

STYLE

실패			나	스타일 (Style)	나	성공		
결과	2차	1차				1차	2차	결과
기억나지 않는다	지루하다	어렵다	설명한다	Expressive	보여준다	그려진다	지루하지 않다	기억한다

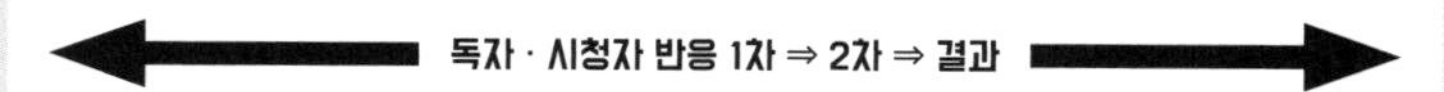

스타일을 살린다 → 설명하지 않고 보여준다. 말투에 개성이 있다. 7대 3의 법칙을 지킨다. 고수들처럼 쓴다. 고은, 김훈, 유시민, 시오노 나나미.

스타일을 살리지 못한다 → 보여주지 않고 설명하려고 한다. 말투에 개성이 없다. 7대 3의 법칙이 없다. 고수들처럼 쓰지 않는다.

16.

말투가
마음에 들지 않는다고

공감필법

유시민

언어는 말과 글인데,

말이 글보다 먼저입니다.

저는 말에 가까운 글일수록 잘 쓴 글이라고 생각합니다.

유시민, 『공감필법』 (창비, 2024)

16. 말투가 마음에 들지 않는다고

정조가 삼국지를 싫어한 까닭

"홍대 어떻게 가요?"

"뉴진스의 하입보이요."

이 질문에 대한 대답이 이렇게 되는 건 상황을 이해해야 합니다. 설명이 길어지면 재미도 없고 감동도 없습니다. 당연히 저도 처음에 이해하지 못했습니다. 사실 요즘 대화를 알아듣는 것에 약간의 어려움을 겪고 있습니다. 특히 카톡에서... MZ세대(정확히 M세대의 경계에 있는) 동생들이 포함된 단톡방에서 대화를 이해하는 비율은 많아야 절반쯤 됩니다. 하물며 잘파세대(Zalpha세대, Z세대+알파세대)는 말할 것도 없습니다. 방송기자를 하면서 중학생이 알아들을 수 있는 수준의 쉬운 말을 방송에서 써야 한다는 걸 평생 지침으로 알았는데 이제 시대가 또 바뀌었습니다. 이제 단톡방의 말을 이해하기 쉽지 않습니다. 그렇다고 대화가 한참 지난 뒤에 "그런데... 위에 무슨 의미야?" 이렇게 표현하기도 그렇습니다. 꼰대 소리 듣기 딱입니다. 과거에도 꼰대 소리 듣기 딱 좋은 일화들이 많습니다. 동서고금을 통해 말투로 소위 어른들이 시비를 걸었던 적이 있습니다. 중국과 우리나라에서는 특히 군기를 제대로 잡았습니다. 먼저 중국입니다.

Scene 1. 명청(明淸) 시대

명 나라(1368~1644) = 고려말~조선 인조

청 나라(1616~1912) = 조선 광해군~일제강점기

우리나라의 중국 관련 전문가 중의 한 사람인 외교관 출신 백범흠 전 한중일협력사무국(TCS) 사무차장은 이런 얘기를 했습니다. 화려한 유산을 많이 남긴 중국의 명청시대에 역설적으로 글(문장)이 발전하지 못한 이유는 과거 급제를 위한 모범 답안이 옛글인 고문에 의존했기 때문이란 겁니다. 그 문장이 바로 팔고문입니다.

팔고문(八股文). 요즘으로 치면 국가 공무원을 뽑는 과거에 써야되는 문장을 나라에서 정했습니다. 형식과 규칙은 예외가 없었습니다.

"유가 사상을 잘 드러내야 하고, 사서(논어, 맹자, 중용, 대학)의 사상인 의리(義理)가 글에 나타나야 한다."

여기까지는 당시 시대상을 생각하면 그나마 괜찮습니다. 문제는 다음부터입니다.

"글을 쓰는 사람의 개인적인 생각은 드러나서는 안 된다."

글의 형식인 문체를 나라에서 통제하고, 일정한 형식을 따르도록 하는 것은 생각을 통제하겠다는 의미입니다. 명나라와 청나라 시기는 상공업이 발달했고, 전통적인 유가 경전에 반하는 사상이 등장하자 위협을 느낀 명청 왕조가 지식인들을 통제하기 위해서였다는 주장은 설득력이 있습니다. 왕카이푸, 『팔고문이란 무엇인가』(김효민 번역, 글항아리, 2015)

생각은 글을 통해 드러나고, 자유로운 글은 자유로운 사상으로 이어져 결국 통치 철학이 무너질 것을 우려한 결과입니다. 이 시기에 우리나라에서 비슷한 일이 있었습니다. 수백 년 전 옛날 얘기입니다.

Scene 2. 정조 시대(1776~1800)

반정(反正)은 뒤집어 바로잡는다는 말입니다. 우리 역사에서 고려시대가 조선시대가 된 것은 왕조가 바뀐 것입니다. 임금의 성이 왕 씨에서 이 씨로 바뀌고 새로운 나라가 탄생한다는 점에서 역성 혁명입니다. 하지만 왕조는 바뀌지 않은 상태에서 현재의 왕을 폐위시키고 새로운 왕을 세우는 것은 반정이라고 합니다. 뒤집어 바로잡는 것을 반정이라고 하니까 결국 반정이라고 말하는 쪽은 승자 즉, 뒤집은 쪽입니다. 역사는 승자의 몫입니다. 뒤집는 것에 성공하지 못했다면 실패한 쿠데타가 되고 반정을 도모한 쪽은 역사 속으로 사라졌을 테니 말입니다.

쿠데타를 반정이라고 기록한 것은 결국 승자의 역사인데 조선 시대만 놓고 봐도 반정이 2차례 등장합니다. 중종반정과 인조반정. 반정의 대상이 되었던 임금은 두 명의 군(君)이었습니다. 역사는 그 두 명의 왕을 연산군과 광해군으로 기록했습니다. 반정에 성공한 이들은 새로운 왕을 옹립하고 함께한 동료들을 공신으로 정국을 장악했습니다. 그런데, 역사 속에는 다른 반정도 있습니다.

지금부터는 그 시대에 유행하는 문체를 가지고 왕이 직접 나섰던 얘기입니다. 200년도 훨씬 전인 18세기 후반 글쓰기 문제로 당시 임금인 정조가 문제를 삼기 시작했습니다. 1791년 정조는 과거 시험 응시작의 문체가 당시 유행하던 소설체가 만연하는 것을 바로 잡기 원했습니다.

『조선왕조실록』의 정조 23년 5월 5일에 이런 얘기가 있습니다.

"당시의 폐단이 동서남북이나 이쪽저쪽 할 것 없이 명나라와 청나라의 괴이한 문체나 『패관잡기』를 정말 열심히들 읽고 있다."

사실 탄식 수준이 아닙니다.

"말이 여기에 미치니 춥지도 않은데 몸이 떨린다."

제대로 화났다는 말입니다. 더 재미있는 것은 정조의 얘기입니다.

"나는 본래 잡된 책을 보기를 좋아하지 않는다. 『삼국지』 등과 같은 책도 한 번도 들여다본 적이 없다."

명나라 말기와 청나라 초기의 시기 문집과 소설 등 해외에서 다양한 책과 글이 조선에 유입됐고 양반층에게도 영향을 미쳤음에

틀림이 없습니다. 여기에 반기를 든 사람이 있습니다.

박지원과 이옥. 한 사람은 아예 과거에 나서지 않았고, 한 사람은 줄기차게 이른바 고문의 형식을 따르지 않았습니다. 정조에게 제대로 혼난 박지원의 책은 『열하일기』입니다. 성균관 유생으로 머물며 대과를 준비했던 이옥은 끊임없이 소설체의 문장을 써서 결국 과거 시험 응시를 막았다고 전해집니다. 자신의 문체를 고집했던 이옥도 대단하지만, 너가 아무리 똑똑해도 글 고치기 전까지 너는 안 돼라고 제대로 군기 잡았던 정조도 대단합니다.

정조의 말투 군기잡기에 대항했던 글쓰기 고수들...

박지원은 박제가에게 이옥이 처한 처지를 들어 "순수하고 고풍스러운 풍습을 만회하는 동시에 크고 고아한 글쓰기 풍토를 진작할 수 있는 일대의 기회"라며 임금에게 백의종군하자는 글을 써서 올릴 것을 권유(사실상 지시)합니다.

STYLE

조선시대 말기의 문체 어벤저스의 글은 오늘날 읽어봐도 명문입니다. 스타일 제대로 살리는 법이 넘칩니다. 『비옥희음송 比屋希音頌』에서 박제가의 글 또한 지금 읽어도 명문입니다.

"소금이 짜지 않고 매실이 시지 않고 겨자가 맵지 않고 찻잎이 쓰지 않음을 책망한다면 정당하지만 왜 기장에게 좁쌀 같지 못하느냐고 하거나, 국과 포에게 왜 제사상 앞으로 가지 않느냐고 하는 것은 실정을 모르고 죄를 뒤집어 씌우는 것이니 천하의 맛있는 음식도 모두 사라질 것이다."

글 쓰는 방식에도 유행이 있습니다. 그 당시의 문체가 있습니다. 시대상을 반영하는 단어도 등장합니다. 조선시대 문체반정을 보면서 요즘 세대들의 말글 문화가 그 시절과 비슷하다고 생각됩니다. 모바일, SNS에 길들여진 세대들은 쓰기와 읽기에 최적화된 그들만의 글과 말을 씁니다. 긴 단어는 첫 글자만을 따서 줄여 쓰고, 문장은 주어와 서술어를 온전히 갖추지 않습니다. 그래도 의미는 전달됩니다. 정작 이걸 보는 부모나 어른들의 마음이 편치 않습니다. 학교나 언론이 우리말 파괴 현상을 꼬집으며 비문을 쓰지 말고 아름다운 한글을 써야 한다고 강조해 온지가 오래됐지만 디지털과 모바일 읽기와 쓰기에 최적화된 언어는 그렇게 자리 잡았고 지금도 변해가고 있습니다. 꼰대들이 문제 삼을 일은 아닌 지 오래됐습니다. 유행을 따르는 글과 말이 표현력이 뛰어날까요, 개성(Expressive)을 강조할 때 표현이 더욱 풍부해질까요.

몇 해 전 수능의 난이도가 문제가 됐습니다. 학교 수업을 통해 풀 수 있는 수준의 문제가 아닌 소위 '킬러 문항'에 대한 말들이 많았습니다. 대상은 다르지만 한 나라의 지도자가 시험(과거는 고시요, 수능은 입시니 같지는 않습니다.)의 내용을 문제 삼은 겁니다. 문체는 답을 쓰는 사람을 문제 삼는 것이고, 문제의 난이도는 문제를 내는 사람을 문제 삼는 것이지만 결론적으로 바람직한 모범 답안의 예시를 들며 잘못된 예를 콕 집었다는 점에서는 같습니다.

모범 답안과 정답 맞추기 속에 스타일과 개성(Expressive)은 사라지고 있습니다.

17.

30%만 더
보태면 돼

맥스웰 퍼킨스에게

어니스트 헤밍웨이

게티스버그 연설문이 짧은 것은 우연이 아니지요.

산문 글쓰기의 법칙은 수학, 물리학, 비행의 법칙처럼

변하지 않는답니다.

어니스트 헤밍웨이, 『헤밍웨이, 글쓰기의 발견』
(래리 W. 필립스 엮음, 박정례 번역, 스마트비즈니스, 2024)

17. 30%만 더 보태면 돼

얼마나 더 보태야 할까?

물 잔에 물이 70%가 차 있으면 30%는 빈 것이고, 내가 시험에서 70점을 맞았으면 30점은 틀린 것입니다. 하루의 18시간이 지났으면 6시간은 남은 것이고, 한 해에서 10개월이 흘렀으면 2개월은 아직 남은 겁니다. 운동에서 스윙은 힘을 주는 것보다 빼는 것이 어렵고, 재테크에서는 사는 것보다 파는 것이 어렵습니다. 그런데, 우리 주변에는 생각보다 많이 보태지 않아도 되는 것들이 있습니다. 메모해 두고 자주 참고하는 다양한 분야의 황금비율에 대해 정리해 보죠.

9대1 "내 생각을 10%만 보탤 수 있으면 성공이야"

주변에는 직장에 다니면서 틈틈이 공부도 하는 부지런한 사람들이 많습니다. 사실 직장 생활 시작과 동시에 공부는 끝났지만 직장 생활을 오래 하다 보니 그 바닥과 밑천이 금세 드러났습니다. 직장인 공부의 특징은 뭘 가르쳐주는 선생님이 없다는 점입니다. 대학원을 다니게 되더라도 교수가 뭘 가르쳐주지 않습니다. 연구 문제도, 연구 수행도, 그 결과 해석도 교수의 도움을 받을 수 있을 뿐 실질적으로 내 손으로 끝내야 합니다. 그래서 제대로 졸업하려고 마음먹지 않으면 직장인 공부는 시작하기는 쉬워도 제대로 끝내기가 쉽지 않습니다. 학부 4년의 받아쓰기 공부만 해본 사람들은 애를 먹습니다. 글로 접했던 연구를 몸으로 체험하는 순간입니다.

연구란 무엇인가? 한 교수님이 그랬습니다. 연구는 내가 궁금한 것을 체계적인 방법으로 설득해 나가는 것이라고. 이게 어렵습니다. 내가 아는 것이 없으니 궁금한 게 뭔지 모르겠고 체계적인 방법은 배워본 적이 없고 결과적으로 타인을 설득해 나가는 것은 아예 불가능합니다. 그렇게 헤매다가 딱 떨어지는 문장을 발견했습니다.

김익한 교수는 연구와 관련해 이런 얘기를 했습니다. 뭐든 자기 것으로 만들기 위해서는 주요 키워드에 자신의 생각 10% 정도를 더하면 완성됩니다. 대학원의 논문이 딱 그렇습니다. 처음 논문 쓰기가 어려운 것은 논문의 어떤 문장도 내 머릿속에서 나온 것을 그대로 써서는 안 된다는 점입니다. 근거가 있어야 하죠. 학문의 세계에서는 선행 연구라고도 합니다. 믿을 만하고 검증된 타인의 연구를 제대로 인용해야 신빙성을 인정받습니다. 그래서 연구를 할 때 90%는 선행 연구(Reference)가 차지합니다. 내가 더할 것은 거기에 딱 10%입니다. 연구를 처음 하는 사람들이 a라는 이론을 보고 b나 c의 새로운 논문을 발표하는 것은 불가능에 가깝습니다. 이유는 두 가지입니다. 첫째, 너무 어렵거나 둘째, 그 길이 아니기 때문입니다. 전업 학생이 아닌 Part-Time 연구자로서 A에서 B를 발견하기보다는 A에서 A'를, A'에서 A"를 발견하는 자세를 터득하는 데 많은 시간이 걸렸습니다. 하늘 아래 새로운 것은 없습니다. 90%는 빌려오고 10%의 자기화를 더하면 적어도 공격받지 않는 연구가 됩니다. 그 길은 일단 검증된 길이기 때문입니다. 김익한, 『거인의 노트』 (다산북스, 2023)

8대2 "대화의 80%를 차지하는 건 감정"

대화의 기술을 다룬 책은 무수히 많습니다. 상대방과 얘기를 잘 이끌어 나가려면 대화의 내용이 중요할까요, 분위기가 중요할까요. 누군가와 싸우거나 얘기가 되지 않았던 경험들을 돌이켜보니 내용은 별로 중요하지 않았습니다. 역시 김익한 교수는 "내용의 중요도가 20%라면 감정이 80%를 차지한다."고 말합니다. 이때 감정은 내 감정과 상대방의 감정 모두를 포함합니다. 대화를 주도하는 건 뭘까요? 제가 허를 찔린 건 내용이 아니라 감정과 분위기라는 사실입니다. 내 감정이 상대를 받아들일 상태가 돼야 말이 귀에 들어옵니다. 동시에 상대가 내 말을 들을 감정이 유지되어야 대화가 이어집니다. 메시지가 중요하지만 내용은 거들뿐입니다.

또 다른 8대2 "상위 20%가 전체 80%를 이끈다고?"

'파레토의 법칙'이 있었습니다. 19세기말 이탈리아 경제학자 파레토가 발표한 상위 20%가 전체의 80%를 담당한다는 법칙은 여전히 유효합니다. 기업이나 백화점, 물건 판매 분야에서는 잘 팔리는 20%의 물품이 전체 매출의 80%를 담당하기도 합니다. 조직을 설명할 때 상위 20%의 직원이 전체 80%의 일을 담당한다는 주장도 있습니다. 동시에 요즘에는 많은 의문과 도전을 받는 이론이기도 합니다. 하지만, 유튜브를 보면 조회수가 높은 영상 20%가 전체 조회수의 80%를 차지하는 것 같기도 합니다. 분야에 따라 다르게 볼 일입니다.

2대8 "여전히 중요한 나머지 80%"

'롱테일의 법칙'은 파레토의 법칙에 반기를 들었습니다. 파레토 법칙과 정반대의 내용으로 웹 2.0의 시대에 새롭게 설득력을 얻고 있습니다. 인터넷 이후에는 인기가 없는(사소한, 눈에 띄지 않는 다수) 80%가 20%의 핵심보다 더 뛰어난 가치를 창출한다는 내용입니다. 물건 판매에 적용하면 온라인 매장의 경우 오프라인에서는 구할 수 없는 80%의 틈새 상품에서 매출의 대부분이 나온다는 '긴 꼬리'의 법칙입니다. 이 법칙은 오프라인 매장 리모델링의 마이더스의 손 유정수 대표의 6:4의 공식에도 적용해 볼 수 있습니다.

6대4 "60%는 활용하고 40%는 남겨두라"

식음료 사업 분야에서 공간 리모델링과 활용에 탁월한 능력을 보이고 있는 유정수 글로우 서울 대표는 SBS의 방송에 출연해 이렇게 얘기했습니다. 매장은 6대 4의 법칙으로 구성해야 한다는 겁니다. 60%는 영업 공간으로 활용하되 40%는 체험 공간으로 남겨두라는 말입니다. 장사를 하는 주인의 입장에서는 40%의 공간을 공용으로 남겨두라고? 반문할지 모릅니다. 하지만 체험 공간은 오프라인 매장 생존의 필수적인 부분입니다. 단순히 물건을 사기 위해서라면 굳이 발품을 들여 '그곳'에 갈 이유가 없습니다. 온라인 검색을 통해 훨씬 싸고 다양한 물건을 구매할 수 있기 때문입니다. 성수동에 가보면 6대4의 법칙을 따르는 많은 매장들을 볼 수 있습니다. 온라인 쇼핑을 할 수 있지만 성수동의 매장들을 찾는 이유입니다.

STYLE

7대3 "30%만 참신함을 보태면 된다"

글을 쓸 때는? 뭔가 새로운 것을 만들거나 아이디어를 낼 때 고민하게 됩니다. 말을 하거나 글을 쓸 때는 특히 그렇습니다. 새로움이란 뭘까? 사람들이 가장 공감하는 황금비율은 항상 고민입니다.

"새로움은 70%의 보편적인 내용에 30%의 참신함을 가미하는 것"

게임과 스토리텔링 분야에서 뛰어난 학식을 보여주고 있는 이화여대 한혜원 교수의 얘기입니다. 한 교수는 게임과 같은 콘텐츠 분야에서 새로운 개발할 때도 이 같은 법칙을 놓고 고민한다고 했습니다.

물론 시기와 맥락에 따라 간극이 벌어지기도 좁혀지기도 하지만 중요한 것은 보편적인 것이 70%는 돼야 한다는 점입니다. 많은 사람들이 새로운 것을 만들거나 고안할 때 전혀 다른 것을 생각하면서 시간을 낭비합니다. 너무 새로운 것은 사람들의 공감을 얻지 못합니다. 낯선 것일 뿐입니다. 역사가 먹히는 이유는 누구나 결과를 알기 때문이고 고전이 먹히는 이유는 사람들로부터 공감을 얻어 끈질기게 살아남았기 때문입니다. 적당히 익숙한 스토리에서 공감은 나오고 30%의 새로움이 가미될 때 스토리는 신선해진다고 생각합니다. 글을 쓸 때도 마찬가지입니다. 70%의 공감 가능성은 최소한의 안전핀입니다. 적어도 지금까지는 7대3의 법칙을 잊지 않으려고 노력합니다.

자칭 '책만 읽는 바보, 간서치(看書癡)'라던 조선 후기 실학자 이덕무도 이 황금비율을 놓고 똑같은 고민을 했습니다. 역시 글 쓰는 사람은 새롭고 참신한 글쓰기에 대한 공통된 고민이 있습니다. 이덕무는 이렇게 봅니다. 글을 잘 쓰려면 "옛 것과 새로운 것을 절묘하게 잘 버무려야 한다."고 말했습니다. '의고와 창신'입니다. 그 설명이 지금 읽어도 제대로 짚었다고 생각됩니다. 순수한 성품을 가진 개인들의 개성을 중시한 이덕무는 이렇게 말했습니다.

"사람들이 자신만의 문장 하나를 가슴속에 담고 있다."

사람마다 얼굴이 서로 닮지 않은 것도 같은 이유입니다.

"천하의 재주로 옛글을 모방하면 인위적인 것은 많고, 자연스러움이 없어져서 틀에 갇힌다."

이덕무는 이를 속박이 된다는 의미의 '구(拘)'라고 말했습니다. 그게 다가 아닙니다.

"개성만을 강조한 지나친 창신 역시 본연의 천성을 해치고 허망한 말에 치우칠 수 있어 역시 틀에 갇힌다."

그 또한 구속되는 '구(拘)'라고 했습니다.

이덕무보다 나이가 많지만 친구나 다름없었던 동네 절친이자 형님인 연암 박지원도 비슷한 애기를 했습니다. '법고창신(法古創新)'. 직역하면 옛 것을 본받아 새로운 것을 창조해 낸다는 의미입니다. 이를 글과 말에 적용해 보면 역시 출발은 보편적인 것을 따라야 합니다. 그 위에 참신함을 얹어야 합니다. 볼 때마다 무릎을 치게 됩니다.

게임 회사에 다니는 친구에게, 주변에 친한 콘텐츠 제작 PD들에게 가끔 얘기합니다. 새로운 걸 찾으려고 하지 말라고. 황금 비율은 간단합니다.

70%의 익숙함에 30%의 참신함이 가미될 때 시청자나 독자가 떠나지 않습니다. 아직은 맞습니다.

18.

난
'우아한 냉혹'
같은 말을
만들 수 있을까

논리-철학 논고

루트비히 비트겐슈타인

내 언어의 한계는 내 세계의 한계이다.

말할 수 없는 것에 대해서는 침묵해야 한다.

루트비히 비트겐슈타인, 『논리-철학 논고』
(이영철 번역, 책세상, 2020)

18. 난 '우아한 냉혹' 같은 말을 만들 수 있을까

한 인간을 한 단어로 요약한 시오노 나나미

'우아하다'는 뛰어나게 아름답다는 말입니다. 사전적 의미를 빌리자면 고상하고 기품이 있다는 뜻입니다. 차림새나 자태를 설명할 때 쓸 수 있지만 우아하다는 단어를 붙여서 좀 어울리려면 적어도 박물관에 있는 도자기나 미술 정도는 돼야 그 맛이 납니다. 그만큼 우아함에 대한 우리들의 평가 기준은 높습니다.

'냉혹하다'는 한자 의미 그대로는 차가움이 심하다는 말입니다. 차가운 마음을 지녔다는 말입니다. 냉혹한 사람은 인간미가 없습니다. 『표준국어대사전』에서는 "부자간의 천륜이 있는데 어찌 그리도 냉혹하십니까?" "그는 냉혹하게 국가와 황실을 새로운 각도에서 인식하려 했다." 같은 문학 작품의 예를 소개하고 있습니다.

우아하고도 냉혹한 사람이 있었습니다. 추기경 자리를 버리고 이탈리아 정복을 꿈꿨던 '체사레 보르자'입니다. 그를 우아하고도 냉혹하게 만든 사람은 『로마인 이야기』로 유명한 시오노 나나미입니다. 추기경이었던 아버지가 교황으로 선출되면서 이후 자신도 대주교와 추기경이 됩니다. 마키아벨리 하면 모르는 사람 없으실 겁니다. 르네상스 시대의 이탈리아 정치학자입니다. 혼란의 시대에 나라의 안정을 위해서는 군주가 어떠해야 하는지를 말하기 위해 『군주론』을 집필했죠. "목적이 수단을 정당화한다." 등 그가 남길 말들이나 군주의 덕목은 강함을 상징합니다. 후에 이른바 '마키아벨리즘'하면 목적을 위해서는 수단을 가리지 않는 부정적인 의미로 쓰이기도 합니다. 대학 다닐 때 정치학 시간에는 마키아벨리가 단골 메뉴였습니다. 마키아벨리는 냉혹함의 상징이라고 볼 수 있습니다.

마키아벨리의 『군주론』 모델로 알려진 체사레 보르자가 여전히 살아 숨 쉬는 것은 우아한 냉혹의 소유자이기 때문입니다. 냉혹한 지도자 체사레 보르자, 군주론의 모델 체사레 보르자, 마키아벨리가 사랑한 체사레 보르자... 어떻게 쓰더라도 체사레 보르자라는 인물의 맛이 살지 않습니다. 궁금하지도 않지요. 하지만 르네상스 시대를 발굴하는 것으로 본격적인 작가로 대중에게 알려지기 시작한 시오노 나나미는 '체사레 보르자 혹은 우아한 냉혹'이라는 멋진 말을 1970년 세상에 선보입니다.

시오노 나나미의 글은 거침없습니다. 그녀는 1937년생입니다. 이제 아흔을 바라보고 있습니다. 글의 힘은 어디서 나올까요? 물론 저자의 방대한 연구와 취재가 그 밑바탕이 되겠지만 근본적으로는 짧은 문장에서 나온다고 저는 생각합니다. 지금부터 5~7백 년 전의 지중해 시대의 이야기를 살아 숨 쉬게 하는 비결은 생생한 묘사와 설명에서 나오지만 결코 길고 장황하게 설명하지 않습니다. 보통 모르는 사람에게 어떤 상황이나 인물을 설명하려면 길어지기 쉽습니다. 동시에 지루해질 수 있습니다. 시오노 나나미는 독자를 이해시키기 위해 서두르지 않습니다.

모든 길은 로마로 통한다는 말을 한 번도 들어보지 않은 사람은 잘 없습니다. 다양한 의미가 있겠지만 짧은 문장 하나로 로마를 그렇게 잘 표현한 말은 없습니다. 시오노 나나미는 이를 뒤집습니다. 로마 당시의 인프라를 묘사하면서 이렇게 기술합니다.

"모든 길은 로마로 통한다기보다 모든 길은 로마에서 출발한다고 생각하는 편이 실상을 정확히 파악하는 데 도움이 된다는 것은 앞에서 이미 말했지만, 이미 구석구석까지 뻗어 있는 혈관처럼 제국 전역에 구석구석까지 뻗어 있는 로마 가도망도 로마를 기점으로 하는 아피아 가도에서 시작되었다." 시오노 나나미, 『로마인 이야기 10 : 모든 길은 로마로 통한다』(김석희 번역, 한길사, 2002)

그리스와 로마는 많은 부분에서 비슷하면서도 전혀 다른 나라입니다. 로마 시대에 길만큼이나 잘 정비되었던 수도를 비교하기 위해 히포크라테스를 불러왔습니다. 그리스인과 로마인. 우리에게는 그냥 비슷해 보입니다. 잡힐 듯 잡히지 않습니다. 그런데 아래 문장을 보고 나면 확실히 잡힙니다.

"의학의 아버지라고 불리는 히포크라테스를 낳았으면서도 상하수도에는 무관심했던 그리스인."

"의학도 의료도 그리스인에게 맡겨놓았지만 상하수도를 정비하는 데에는 열심이었고, 게다가 공중 목욕장까지 만들어 신체의 청결을 유지하는 데 집착한 로마인." 시오노 나나미, 『로마인 이야기 10 : 모든 길은 로마로 통한다』(김석희 번역, 한길사, 2002)

시오노 나나미의 글은 잘 읽힙니다. 누구나 아는 말이나 인물을 데려오지만 작가의 문장은 상투적이지 않고 진부하지 않습니다. 프랑스어로 하면 '클리셰(Cliche)'가 없습니다. 작가가 남긴 많은 에세이들은 첫 문장에서 독자들을 유혹합니다. 제목과 첫 문장이 비슷하거나 앞으로 전개될 내용이 지레 짐작된다면 흥미는 떨어집니다.

제목이 소설 전체의 주제를 함축하면서도 지루하지 않으려면 톨스토이가 『안나 카레니나』의 첫 문장 "행복한 가정은 모두 모습이 비슷하고, 불행한 가정은 모두 제각각의 불행을 안고 있다." 레프 톨스토이, 『안나 카레니나』(연진희 번역, 민음사, 2009)에서 남긴 깊은 인상 정도는 돼야 합니다.

시오노 나나미는 『남자들에게』에서 이런 문장을 썼습니다.

"남자가 여자에게 저지르는 잘못은 국제정치에서는 흔해빠진 '마찰'의 원인과 지극히 비슷하다."

시오노 나나미의 이 한 문장을 보면 다음 문장이 궁금해집니다.

"현실주의자가 잘못을 범하는 것은 상대도 현실을 직시한다면 자신과 같은 판단을 할 것이니 잘못을 범할 리가 없다고 생각할 때다."

첫 문장은 시오노 나나미의 문장, 다음 문장은 5백 년 전 마키아벨리의 문장입니다. 작가는 남녀 간의 관계를 마키아벨리가 남긴 정치에 대한 해석과 절묘하게 비교했습니다. 시오노 나나미, 『남자들에게』 (2판, 이현진 번역, 한길사, 2002)

제 전공이 정치학이라 더욱 이 문장이 생생하게 다가왔는지는 모르지만 무릎을 탁 쳤습니다. 남녀 관계를 묘사한 글이 많은 만큼이나 국제정치에서 국가 간의 관계를 분석하는 이론들도 많습니다. 현실주의와 이상주의, 게임 이론 등 각종 이론 가운데 갈등을 유발하는 핵심을 관통하는 단어가 있습니다. 바로 상대를 '오판'하는 경우입니다. 작가의 두 문장은 오판이라는 주제로 절묘하게 이어져 있습니다. 이해도 쉽습니다.

STYLE

시오노 나나미는 이탈리아를 숨 쉬게 했습니다. 그녀는 지금부터 5~7백 년 전의 르네상스 시대에 주목하고 인물들을 하나씩 소환합니다. "우리는 다른 세계에 살고 있지만 동시대인이다."라고 말하는 작가는 종교가 세상을 지배했던 중세를 흔히 우리가 역사책에서 배웠던 암흑기라고 표현하지 않습니다. 중세를 이해하는 키워드 교황을 '신의 대리인'이라고 말합니다. 신이 지배하는 사회에서 인간이었지만 신의 대리인을 자처했던 교황을 이해하고 보니 중세가 새롭게 보이기 시작합니다. 종교의 이름으로 자행되었던 수많은 비이성적인 행위와 전쟁들이 그런 관점에서 보면 이해가 되기도 합니다.

역사는 결과적으로는 필연적이지만 과정은 우연의 연속입니다. 인과적으로 보이지만 한 인물의 자리에 다른 인물이 있었다고 해서 변화가 많을 것인지 적을 것인지 예측하기는 쉽지 않습니다.

클레오파트라의 코가 조금만 낮았더라면 인류사가 바뀌었을 것이라는 말은 어쩌면 틀렸을 수도 있습니다. 이것이 바로 시오노 나나미의 스타일(Style)입니다.

Part 7

스타일의 마무리

STYLE

STYLE

스타일을 살린다 → 퇴고한다. 쓴 글을 다시 읽어본다. 녹음해서 다시 들어본다. 피드백을 통해서 문제점을 파악한다.

스타일을 살리지 못한다 → 퇴고하지 않는다. 쓴 글을 다시 읽어보지 않는다. 녹음하지 않는다. 다시 들어보지 않는다. 피드백을 받지 않는다.

19.

외국인 학교에 다니는 조카의 글을 받았다

익숙한 것과의 결별

구본형

알기 때문에 쓰는 것이 아니라

쓰기 때문에 참으로 알게 된다.

구본형, 『익숙한 것과의 결별』 (을유문화사, 2007)

19. 외국인 학교에 다니는 조카의 글을 받았다

Scene 1. 형과의 대화

형에게는 딸이 있습니다. 저에겐 유일한 조카입니다. 현재는 17살. 고등학교 1학년 나이지만 이 글은 16살 당시입니다. 제주도 외국인 학교에 다니는 까닭에 대학 진학을 앞두고 있습니다. 유학을 가고 싶어 하는 조카를 볼 기회는 없었습니다. 아주 어릴 때 가끔 봤을 뿐 유치원을 다니고, 초등학교에 들어간 뒤엔 사진으로만 봤습니다. 그런 조카가 글을 썼습니다. 전형적인 이과생인 형이 연락 왔습니다.

"어제 무슨 일이 있었는 줄 아나?"

"뭔데?"

"OO이가 형수랑 나를 거실에 앉혀놓고 자기가 쓴 글이라며 읽더라고... 아주 긴 글을 아주 오랫동안..."

"무슨 글인데?"

"(중략) 근데 도저히 무슨 말인지 모르겠다. 혹시 프린트할 수 있나?"

"어 보내봐."

"절대 휴대폰으로 봐서는 이해할 수 없으니 출력해서 읽어봐. 종이로 출력해서 천천히 읽어봐야 돼."

"오키."

Scene 2. 조카의 글

그렇게 받은 조카의 글은 워드(10pt.) 7장 분량의 생각보다 긴 글이었습니다. 제목은 『감정의 바다』. 중학생 시절 쓴 조카의 글은 왠지 좀 낯설었습니다. 익숙한 나의 글쓰기, 글감, 단어들과는 조금 다르게 느껴졌습니다. 뒤에 알게 됐지만 영어로 쓴 걸, 다시 번역한 거라고 했습니다. 이해가 됐습니다.

조카는 더 이상 제가 알던(정확히는 상상했던) 16살 여중생 OO이가 아니었습니다. 처음 읽었을 때는 이해가 안 가는 부분도 많았습니다. 조카의 부모(전형적인 이과생이자 같은 직업인 형과 형수)가 느꼈을 당혹감이 이제는 이해됐습니다.

바다, 파도, 붉은색, 푸른색, 노란색, 흰색, 검은색 등 조카의 단어라고 생각하기에 전혀 이상함이 없는 단어에서부터... 감정, 영혼, 피, 무의식, 희망, 당혹감, 불행, 혐오, 비명, 피투성이, 사슬, 두려움, 희망, 열정, 힘 등 나의 단어라고 생각됐던 단어들이 16살

조카의 글을 채워나갔습니다.

한글이 익숙지 않은 16살 여중생의 글은 의식의 흐름을 따라가는 에세이의 진수를 보여주는 듯했습니다. 두 번을 읽고 크게 심호흡했습니다. 평생 글 좀 쓰고, 말하는 직업을 갖고 있다는 이유로 그 부모로부터 해석의 임무가 맡겨진 삼촌이 자칫 그 뜻을 오역하지 않을까... Z세대의 글쓰기를 자칫 X세대의 고지식한 스테레오 타입으로 재단하지 않을까... 몇 번의 망설임 끝에 1페이지 피드백 감상문을 써서 형에게 전달하기로 했습니다. 이렇게 썼습니다.

『감정의 바다』를 읽고 (From Uncle)

인간의 감정을 바다와 색상이라는 도구를 통해 묘사하고 투영해 낸 수작으로 생각됩니다.

한 개인이 느끼는 내면 깊숙한 곳의 다양한 감정을 붉은색(나를 괴롭히는 무엇으로 묘사되지만 자세히 읽어보면 피할 수 없는 운명, 인연, 내가 바꿀 수 없는 환경), 흰색(행복, 희망이지만 역설적으로 만약 나에게 좋은 것만 주지 않고 때로는 상처를 남김)으로 묘사하며 출발합니다.

작가는 그런 의미에서 나의 감정을 색상이 칠해지기 전의 무의 단계인 검은색으로 표현하고, 무슨 색깔이 어떻게 칠해지고 더해질 수 있고 출렁인다는 점에서 바다라고 말합니다. 감정의 바다는 그럼에도 불구하고 어느 하나의 색깔이 항상 잔잔하게 있지 않다는 점에서 표현할 수 없는 색을 가지고 있으며 이는 파도로 다가옵니다.

사실 내 감정은 말로 표현하기 힘듭니다. 그런 의미에서 말로 표현할 수 없는 여러 색이라고 말합니다. 나의 시선을 가장 사로잡았던 눈에 띄는 색상은 어쩌면 나의 가장 원초적인 본능이라고 볼 수 있습니다. 필자는 본능을 목이 꺾여도 비명을 지를 수 없고, 나를 으스러질 듯 안아준다고 말합니다. 이처럼 나의 본능은 내가 피할 수 없고 항상 나를 잡고 있습니다. 그래서 내 주변은 다시 붉은 색이 되었다고 말합니다.

푸른색은 그리움이자 행복입니다. 결국 푸른색은 과거입니다. 내가 생각하는 나의 기억은 푸른색일 때가 많습니다. 불안의 현실을 살다가도 과거를 기억하면 마음은 편안해집니다. 그럼에도 불구하고 영원은 존재하지 않고 과거의 희망 속에서만 살고 싶지만 현실의 감정이 언제나 뒤덮습니다.

그럼에도 불구하고 과거는 구원의 시간입니다. 그리움의 과거를 회상하면서 고난의 현실을 이겨냅니다. 과거에게 고맙다고 말하고 싶은 이유입니다. 후회와 미련, 증오와 질투, 악한 향의 파도는 나를 괴롭히지만, 이제 나는 더 이상 두렵지 않습니다.

"불행은 입꼬리가 올라갈 때쯤 찾아온다는 걸 모르던 철없던 나는 감히 행복을 쥐어버렸을 때 뺐겼고 다시는 닫지 못할 위치로 더욱더 강한 밧줄로 말라비틀어져서 굳어버린 살을... (중략)... 밧줄을 소리 지르며 찢기 시작했다."

만연체의 이 문장은 이 에세이의 수작입니다. 이제 운명의 고리를 끊은 나는 진정한 자유입니다. 나를 구속하는 감정의 사슬과 파도에서 벗어나 안정을 회복합니다. 뭐라 형언할 수 없었던, 한여름 밤의 꿈과도 같은 감정의 파도와 소용돌이를 겪었는데 알고 보니 사후 세계가 아니었습니다. 나를 속박했던 운명에서 자유롭게 헤엄쳐서 오늘을 살 수 있고, 미래를 향해 나아갈 수 있습니다. 결국 세상의 많은 색만큼 그 색상이 주는 감정은 나 자신입니다. 무섭도록 싫은 색상도 한없이 좋은 색상도 서로 다른 모습의 내 감정이며 결국 그건 나 자신입니다.

『감정의 바다』를 통해 나는 누구인가, 내 감정은 어디에서 오는가, 나의 과거와 현재, 미래를 잘 서술해 낸 OOO(조카)에게 박수를 보냅니다.

형에게서 카톡이 왔습니다.

"해석이 멋지네."

며칠 뒤 정말 오래간만에 형님네와 조카, 우리 부부가 저녁을 함께 했습니다. 내 예상은 빗나가지 않았습니다. 조카는 어느새 훌쩍 커 있었습니다. 형수도 조카 에세이에 대한 나의 피드백 감상문을 보고 비로소 딸의 글을 잘 이해할 수 있게 됐다고 했습니다. 비로소 내가 나름 실수를 하지 않은 듯해서 다행이라고 생각됐습니다.

전 16살 조카의 글에 손을 대기보다는 그 독창성을 살리고, 해석의 왜곡을 피하기 위해 몇 번이고 다시 읽어 깊게 이해하려는 방향을 택했습니다. 다만, 한 줄만 더했습니다. 그게 영어식 문장에서 왔던, 글의 내용상 의식의 흐름을 이어가는 만연체가 적합했을 수도 있지만, 문장이 조금 짧았으면 좋겠다고 했습니다. 읽는 사람의 이해를 돕기 위해서. 하지만, 그것 역시 내 생각일 뿐 정답은 아닌 것 같다고 다시 말을 더했습니다. 내 글에 대한 퇴고도 어렵지만 남의 글에 대한 피드백은 훨씬 조심스럽습니다. 그리고 또 배웁니다. 배움의 대상은 나이를 가리지 않습니다. 중학생 조카는 이미 어른이 되어 있었습니다.

아직도 뭐가 맞는지 모르겠습니다. 별을 다듬어서 원을 만들어야 할까요? 그 조카는 최근 아마존에 영어책을 출간했습니다. 별점 5개의 평점이 많네요. 오히려 제가 배우게 됩니다. Apple Kim 『The Whispers of The Petal』 (Amazon, Kindle Editon, 2024)

20.

고수들이
녹음하는 이유

글쓰기의 감각

스티븐 핑커

기존의 글쓰기 지침서들은

또 언어가 결코 벗어날 수 없는 사실,

즉 언어는 시간이 흐르면 변하기 마련이라는 사실에

제대로 대응하지 못한다.

스티븐 핑커, 『글쓰기의 감각』 (김명남 번역, 사이언스북스, 2024)

20. 고수들이 녹음하는 이유

구독과 '좋아요'를 강요하는 사회

언제부터인가 무엇에 대한 평가가 양극단으로 치닫고 있습니다. '좋아요' 아니면 '싫어요' 둘 뿐입니다. 원인은 포털 사이트나 유튜브 등의 원인이 크다고 봅니다. 어떤 사이트는 이 같은 해결책을 내놓기도 했습니다. 뉴스나 소식에 대한 반응을 '좋다'나 '싫다'가 아니라 '쏠쏠' '흥미' '공감' '탁월' '후속' 밖에 없습니다. 물론 그동안의 각종 문제를 해결하기 위한 고육지책으로 나온 것으로 보이지만 이건 말하자면 모두 긍정적인 반응입니다. 기사에 대한 반응이 이렇게만 유도하는 이유는 기사를 추천하도록 만드는 알고리즘 차원인 것으로 보입니다.

유튜브 역시 마찬가지입니다. 유튜브는 '좋아요' '싫어요'로 콘텐츠를 평가합니다. 무심코 누른 우리의 반응은 '알 수 없는' 알고리즘으로 이어져 나에게 최적화된 콘텐츠를 추천합니다. 문제는 모든 유튜브의 처음과 끝, 모든 유튜버들이 바라는 것이 '구독과 좋아요'라는 점입니다. 구독과 좋아요는 해당 콘텐츠와 채널을 인기 있는 콘텐츠와 채널을 만드는데 필수조건이기는 하지만 꼭 그렇지만은 않습니다. 창작자에게는 '좋다'는 피드백 만이 우리가 줄 수 있는 피드백의 전부가 아니기 때문입니다.

피드백(Feedback)

이 단어는 물리학에서 나온 말입니다. 입력과 출력은 시작과 끝, 처음과 마지막으로 그치지 않고 상호 영향을 미칩니다. 말하자면 아웃풋(Output)이 입력(Input)에 영향을 주는 것이죠. 출력에 의해서 입력이 변하는 물리 현상은 우리 주변 생활에서 반복됩니다. 어떤 결과에 대한 코멘트는 행위에 영향을 미칠 수 있고, 행동의 변화를 가져올 수 있기 때문입니다. 사전적 의미로는 교육에서는 교사가 학습자에게 적절한 반응을 보이는 것을 의미하고, 심리에서는 행동과 반응의 결과를 본인에게 알려주는 것, 매체에서는 수용자의 반응에 대한 전달자의 반작용을 모두 '피드백' 현상으로 봅니다.

전 대학교수이자 컨설턴트 한근태 작가는 '피드백' 행위에 대해 이런 글을 썼습니다. 자신은 말이 많아지는 꼰대가 되지 않기 위해 혹시라도 그런 행동이 나타나면 주변에 지체 없는 '피드백'을 달라고 말한다고 합니다. 한 작가는 또 '반대의견'에 대해서는 『재정의』를 통해 이렇게 말합니다. 반대의견은 조직을 사랑하는 충성심에서 나오는데 관리자의 70%가 회사 수장의 일이 실패할 것을 알면서도 피드백을 하지 않는다고 했습니다. 입을 닫는다는 것이죠. 한근태, 『재정의』 (클라우드나인, 2020)

피드백은 '좋아요'가 전부가 아니다

사람은 자기가 한 것에 대해서 객관적인 평가를 내릴 수 없습니다. 한 번 안 보이는 것은 아무리 봐도 잘 드러나지 않습니다. 이때 타인의 시각이 필요합니다 피드백이 없는 가정, 조직, 사회는 위험합니다. 그렇습니다. 우리는 피드백에 대해 인색합니다. 하는 사람도 듣는 사람도 괜히 불편하기 때문입니다. 막상 피드백은 현실 세계에서 잘 이뤄지지 않습니다. 솔직한 피드백을 주자니 기분을 상하게 하거나 오해를 부를 것 같고, 그렇다고 형식적인 피드백(결국 칭찬에 머무는 것)은 안 하느니만 못합니다.

시애틀 대학의 교직원 개발 컨설턴트 테레세 휴스턴은 국내 언론과의 인터뷰에서 피드백은 세 가지 유형으로 하는 게 좋다고 제안합니다. 감탄과 코칭, 평가입니다.

첫째, 감탄은 한마디로 '좋았어!' 칭찬해 주는 겁니다. 좋은 것은 좋았다고 해야 합니다. 캔 블랜차드의 책 『칭찬은 고래를 춤추게 한다』의 영어판 원제는 『Whale Done!』(고래 잘했어!)입니다. 고래도 해내는데, 인간이 못 해낼 것은 없습니다.

둘째, 코칭은 가르쳐 주는 겁니다. 여기서부터는 조심스럽습니다. 코칭은 전문가가 아니라면 안 하는 게 나을 수도 있습니다. 코치가 선입관을 갖고 있을 수 있고, 코치의 생각이 틀렸을 수도 있기 때문입니다. 그래서 코칭하는 사람은 코칭 전에 자신의 생각이 맞는지 확인이 필요합니다.

셋째, 평가는 냉정해야 합니다. 잘된 것과 잘못된 것을 가릴 때는 평가의 잣대가 분명해야 합니다. 어떤 기준에서 잘된 것이 다른 기준에서는 잘못된 것일 수도 있기 때문입니다. 그래프에서 X, Y 축에 무엇을 뒀는지, 단위를 어떻게 뒀는지 평가의 대상에게 잘 설명해야 합니다. 그게 피드백입니다.

그러면 피드백은 사람과 사람 사이에서만 이뤄질까요? 결론적으로는 아닙니다. 나 혼자 만의 피드백이 중요한 때가 있습니다. 바로 말하기와 글쓰기입니다. 대통령의 글쓰기로 유명한 강원국 작가는 『나는 말하듯이 쓴다』에서 '주목'이 재미없는 이유는 남이 보라고 하는 것과 내가 보고 싶은 대상이 다르기 때문이라고 말했습니다. 동기 부여가 되어야 한다는 말입니다. 강원국, 『나는 말하듯이 쓴다』 (위즈덤하우스, 2020)

말하기와 글쓰기의 피드백... 퇴고와 녹음하기

그만큼 내 생각과 타인의 생각은 다릅니다. 생각은 말로 표현

됩니다. 하지만, 머릿속에 있는 것을 아무리 잘 표현해도 100% 글로 완벽하게 표현하기는 쉽지 않습니다. 완벽하지 않은 그만큼이 내 말을 듣는 사람과 내 글을 읽는 사람이 오해하고 왜곡할 가능성이 됩니다. 이를 막기 위해서는 어떻게 해야 할까요? 내가 쓴 글을 다시 읽어보고, 내 말을 다시 들어보는 피드백이 중요합니다. 내가 쓴 글을 다시 읽어보기는 쉽습니다. 초고와 퇴고의 과정을 거치면서 글을 다듬기 때문입니다. 한밤중에 일필휘지로 쓴 일기는 꼭 다음날 아침에 읽었을 때 느낌이 다릅니다. 일기는 그럴 필요가 없지만, 내가 아닌 다른 누군가를 위해 쓴 글은 퇴고를 거쳐야 합니다. 중요한 글을 다른 사람에게 한 번 읽어봐 달라고 부탁하기도 합니다.

그렇다면 말하기는 어떨까요? 수십 년 방송을 한 사람들도 발음의 정확도를 높이기 위해 중요한 녹음을 앞두고는 펜을 입에 물고 말을 하기도 합니다. 하나 더. 발음보다 더 중요한 건 말을 조리 있게 하는 것인데, 이걸 잘하는 사람들이 의외로 많지 않습니다. 직업적으로 방송을 하는 사람들이나 말을 잘하는 사람들 가운데 자신의 말을 녹음해서 다시 들어보는 것을 일의 과정에 두는 사람이 많습니다.

우리 주변 사람들의 대화를 한 번 들어보죠. 거의 대부분 주어가 없거나, 목적어에 서술어 정도만 나와도 의사소통이 됩니다. 맥락을 이해하기 때문입니다. 그런데, 누군가를 위해 말을 하거나, 발표를 하거나, PT를 하거나, 방송을 할 때 등 불특정이나 특정 다수를 상대를 말을 할 때는 말 잘하는 사람들과 못하는 사람이 확연히 구분됩니다. 잘하는 사람들의 말은 차이가 있습니다. 주어와 술어가 분명하고 말이 짧게 이어집니다. 결론이 앞에 나오고 이유가 뒤에 나옵니다. 듣는 사람이 그만큼 따라가기가 쉽습니다.

이해하기 힘든 말을 하는 사람들의 특징이 그렇습니다. 첫째, 말이 깁니다. 길어도 너무 길죠. 듣는 사람이 따라가기 힘들 정도로 길다면 집중력은 떨어집니다. 둘째, 시작과 끝이 다릅니다. 처음 시작한 주어와 말의 결론이 다르죠. 시작과 끝이 다릅니다. 말을 할 때 두서가 없습니다. 두서(頭緖)는 일의 처음, 실마리, 차례입니다. 두서가 없는 말은 머릿속에서 생각나는 대로 막 나오는 말입니다. 그러니 결론은 항상 다른 곳으로 갑니다. 중간에 누군가의 질문이라도 끼어들면 산으로 갑니다. 이럴 때는 차라리 메모를 해놓고 말을 하는 게 낫습니다. 다시 돌아올 수 있기 때문입니다. 셋째, 무슨 말을 하려고 하는지 알기가 어렵습니다. 결론이 뒤에 나오기 때문입니다. 말을 잘하는 사람들은 서술어(결론)를 먼저 말하는 영어식 표현을 쓰는 경우가 많습니다. 부연 설명은 뒤에 나옵니다.

나는 과연 어떻게 말을 하고 있을까? 가장 쉬운 방법은 전화기의 녹음 기능입니다. 당장 녹음부터 해보면 압니다. 덜 친한 사람들과 나의 대화를 한 번 녹음해서 들어보는 건 어떨까요? 내 말이 의외로 논리적이지 않다는 걸 깨닫게 됩니다. 차근차근하기보다는 결론이 먼저 나오고, 속도를 내고, 중요한 단어가 빠지고 뒤죽박죽이 된 나의 말이 없다면, 그래서 상대가 내 말을 잘 이해하고 있다면 일단 나는 말을 잘하는 사람입니다.

녹음은 나의 스타일을 보여주는 거울입니다.

에필로그

작가 후기

80년 생각

이어령

물음표가 씨앗이라면, 느낌표는 꽃이야!

나는 말 위에 서서 말에 말을 걸었어요.

이어령, 김민희, 『이어령, 80년 생각』(위즈덤하우스, 2021)

작가 후기

하루에도 수십 개의 글을 마주합니다. 주로 기사입니다. 요즘은 직접 쓰는 거보다는 동료들이 쓴 기사를 보고, 후배들의 방송용 기사를 데스크란 이름으로 고치면서 또 반성하게 됩니다. 그저 먼저 입사했다는 이유만으로 이미 오래전 굳어진 저의 연장으로 별 같은 후배들의 개성 있는 문장을 원으로 재단하지 않았는지. 내 입에 맞지 않는다고 오리고 붙여놓은 내 말이, 정작 그 글을 읽어 방송해야 할 다른 이들의 입에는 어색하지 않았을지. 20여 년 간의 제 방송 리포트는 시청자들에게 어떻게 기억됐을지. 과연 전 글쓰기, 말하기에 대한 책을 쓸 자격이 있는지.

그래도 이 책을 자신 있게 세상에 내놓은 건 함께하고 싶었기 때문입니다. 그간 쌓아온 글들을 엮어 펴낼 수 있게 된 건 온전히 제 주변 분들 덕분입니다. 책 이름을 '스타일'로 만들고, 그 본질을 꿰뚫을 수 있게 도움을 주셨던 분들은 적어도 글과 말의 고수들이기 때문입니다.

글 근육의 숨은 조력자들

어머니. 유치원 시절 만화책부터 시작해 제가 책에 쓰는 돈은 아끼지 않으셨던 어머니 덕분에 어느 친구, 어느 집 부럽지 않은 책과 책장 속에 파묻혀 살 수 있었습니다. 어머니 손에 이끌려 형과 함께 나름 일찍 시민회관에서 열렸던 쿠텐베르크전에서 활자의 역사를 눈으로 봤고, 부모님이 여행이라도 가시면 어머니가 사놓으신 추리소설 몇 권은 읽고 독후감도 썼습니다. 방학에 학원은 안 가도, 수학의 정석은 다 안 풀어도, 개학 전에 이문열의 삼국지 열 권은 반드시 읽고 가라고 하셨던 덕분에 글 근육이 생겼습니다. 누구보다 글 쓰는 것이 재미있었고 글을 기반으로 한 대학 공부는 중고등학교 공부보다 훨씬 재미있고 쉬웠습니다. 서울 표준말을 쓰지 않는 지역 출신이지만, 글을 기반으로 한 대학의 중간 기말고사 답안지 채우는 것이 어렵지 않았고, 언론사와 국정원 등 글과 말이 채용 시험과 입사 시험은 언제나 실패 없이 합격하거나 적어도 면접까지는 수월하게 갈 수 있었습니다.

말 근육의 숨은 조력자들

아버지. 집안 여건이 허락하지 않으면 좀처럼 감당해 내기 힘든 반장, 전교어린이 회장을 해마다 덜컥 나가서 맡아올 때마다 한 번도 싫은 소리 하지 않으신 아버지 덕분에 매일 친구들 앞에서 전교 학생들 앞에서 마이크를 잡고 설 수 있었습니다. 그 말 근육은 기자에 대한 막연한 동경으로 이어졌고, 방송기자까지 할 수 있게 된 바탕이 됐습니다.

외삼촌들. 중학교 시절 집에서 꽤 오래 같이 살았던 외삼촌을 따라 하면서 매일 가판대에서 신문을 사서 끼고 다녔고, 주간지를 접어서 읽고 다녔습니다. 술은 마실 수 없었지만 술을 좋아하는 외삼촌들과 술자리를 함께 했습니다. 외삼촌들과의 술자리는 늦은 밤을 지나 새벽까지 이어지기 일쑤였지만, 친구들과 오락하는 것보다 훨씬 재미있었습니다. 동서고금을 넘나드는 해박한 지식으로 역사를 얘기하고, 역대 대통령들을 나름의 이유로 분석하고 비판할 때는 목소리가 높아졌지만 그 시간들이 논리 근육을 단련하는 소중한 순간이었던 셈입니다.

그리고 아내

아내는 말로 먹고 삽니다. 저보다 말을 더 잘하고, 방송을 더 잘하는 저의 아내는 30년의 방송 경력 대부분이 생방송입니다. 그것도 짧은 시간에 모르는 불특정 다수를 대상으로 상품을 소개하고 물건을 팔아야 하는 쇼호스트입니다. 아내는 이 책의 근간을 잡는데 사실상 전부를 했다고 해도 과언이 아닙니다. "내가 무슨 말을 하는지 아는데 10년이 걸렸다."는 아내의 말의 의미를 이해하며 사람들의 말 습관에 대해 본격적으로 생각하게 됐습니다. 분

초를 다투며 상황에 따라 해야 할 말을 바꾸고 내가 해야 할 말의 결론을 바꾸는 베테랑 쇼호스트의 조언은 말은 그냥 생각나는 대로 하는 게 아니라는 걸 깨닫게 됐습니다. 스타일(Style)에서 쇼트(Short) 간결하게는 제가 항상 우선시하는 글과 말의 원칙입니다. 하지만, 리듬을 살린 톤(Tone)과 상대방·시청자를 생각함을 의미하는 유(You), 지금 이 순간을 의미하는 라이브(Live), 개성있는 표현력을 의미하는 익스프레시브(Expressive)는 모두 아내에게서 단초를 발견했다고 해도 과언이 아닙니다. 그중 백미는 말을 하다가 잠시 멈추는 "포즈(Pause)도 메시지다."입니다.

편집장. 저의 글을 보고 책을 내보자고 하신 강가의 이지성 편집장은 미완의 천들을 조각보로 완성해 주신 분입니다. 누님과 수민. 스타일의 첫 이북(eBook) 표지 콘셉트와 색상에 대한 영감을 주고, 디자인을 완성했고, 종이책 디자인에도 조언을 아끼지 않은 홈쇼핑계의 최고 실력자들이자 마이더스의 손들입니다. 끝으로 멀리 미국에서 시차를 극복하며 이 책의 모든 디자인을 완성하고, 영어책 출판을 위한 번역과 아마존 출간을 처음부터 마지막까지 도와주고 있는 신지의 도움이 없었더라면 이 책은 세상이 나오지 못했을 겁니다.

저를 도와준 모든 분들과 이 책에 시간과 물질을 아끼지 않으신 모든 분들의 스타일을 응원합니다.

출처, 참고문헌

책머리에, 스타일이 있는 사람

1. 이어령, 『흙 속에 저 바람 속에』 (문학사상사, 2002)

프롤로그, 스타일의 기원

2. 스티븐 핑커, 『글쓰기의 감각』 (김명남 번역, 사이언스북스, 2024)

3. 시오노 나나미, 『신의 대리인』 (김석희 번역, 한길사, 2002)

4. 그림1
The Egyptian Museum, Scribe statue CG 36
https://egyptianmuseumcairo.eg/artefacts/scribe-statue-cg-36/

5. 그림2
The Metropolitan Museum of Art, Statuette of a Scribe
https://www.metmuseum.org/art/collection/search/544521

6. 그림3
leftover currency, 200 Egyptian Pounds banknote (Qani-Bay Mosque)
https://www.leftovercurrency.com/exchange/egyptian-pounds/current-egyptian-pound-banknotes/200-egyptian-pounds-banknote-qani-bay-mosque/

7. 그림4
Egypt Museum, Mery, "Chief scribe of the royal archives", depicted upon the false door stela from his tomb at Saqqara.
https://x.com/egyptomuseum/status/1830340372481835057

Part 1 옷 잘 입는 것만 스타일이 아니다

8. 스티븐 킹, 『On Writing』 (Charles Scribner's Sons, 2000)

9. 연암 박지원, 『소단적치인(騷壇赤幟引)』 (연암집 제1권 - 연상각선본, 신호열, 김명호 번역, 돌베게, 2007

10. 강원국, 『나는 말하듯이 쓴다』 (위즈덤하우스, 2020)

11. 이어령, 『읽고 싶은 이어령』 (여백미디어, 2014)

12. 시오노 나나미, 『남자들에게』 (2판, 이현진 번역, 한길사, 2002)

13. 이덕무, 『책에 미친 바보』 (미다스북스, 2004)

14. 로버트 치알디니, 『설득의 심리학1(개정판)』 (황혜숙, 임상훈 번역, 21세기북스, 2023)

15. 김익한, 『거인의 노트』 (다산북스, 2023)

Part 2 스타일의 기본 Short

16. 류시화, 『내가 생각한 인생이 아니야』 (수오서재, 2023)

17. 보르헤스, 『보르헤스의 말』 (윌리스 반스톤, 서창렬 번역, 마음산책, 2015)

18. 김훈, 『칼의 노래』 (문학동네, 2012)

19. 김훈, 『현의 노래』 (문학동네, 2012)

20. 김훈, 『남한산성』 (학고재, 2007)

21. 김정선, 『내 문장이 그렇게 이상한가요?』 (유유, 2016)

22. 김정선, 『열문장 쓰는 법』 (유유, 2020)

23. 은유, 『쓰기의 말들』 (유유, 2017)

24. 벌린 클링켄보그, 『짧게 잘 쓰는 법』 (박민 번역, 교유서가, 2020)

25. 신효원, 『어른의 어휘공부』 (책장속북스, 2022)

Part 3 스타일에 힘주기 Tone

26. 로버트 치알디니, 『설득의 심리학1(개정판)』 (황혜숙, 임상훈 번역, 21세기북스, 2023)

27. Roverst Cialdini Ph.D., 『Yes!: 50 Scientifically Proven Ways to Be Persuasive』 (Free Press, 2009)

28. 사이토 다카시, 『글쓰기의 힘』 (데이원, 2024)

29. 레이먼드 챈들러, 『나는 어떻게 글을 쓰게 되었나』 (북스피어, 2014)

30. 어니스트 헤밍웨이, 『헤밍웨이, 글쓰기의 발견』 (래리 W. 필립스 엮음, 박정례 번역, 스마트비지니스, 2024)

31. Noah J. Goldstein, Steve J. Martin, & Robert B. Cialdini, 『Yes!: 50 Scientifically Proven Ways to Be Persuasive』 (Free Press, 2009)

32. 임마누엘 칸트, 『순수이성비판』

33. 어원사전 online etymology dictionary, https://www.etymonline.com

Part 4 스타일의 핵심 You

34. 시오노 나나미, 『로마인 이야기』 (한길사, 1995)

35. 김훈, 『연필로 쓰기』 (문학동네, 2019)

36. 연암 박지원, 『연암집』 (신호열, 김명호 번역, 돌베게, 2007)

37. 장 폴 사르트르, 『말』 (정명환 번역, 민음사, 2008)

38. 조용헌, 『고수기행』 (랜덤하우스코리아, 2006)

39. 한정원, 『명사들의 문장 강화』 (나무의 철학, 2014)

40. 한근태, 『재정의』 (클라우드나인, 2020)

41. 김종원, 『내 언어의 한계는 내 세계의 한계이다』 (마인드셋, 2024)

42. 박경리, 『토지』 (마로니에북스, 2012)

Part 5 스타일에 날개달기 Live

43. 샌드라 거스, 『묘사의 힘』 (지여울 번역, 윌북, 2021)

44. 연암 박지원, 『연암집』 (신호열, 김명호 번역, 돌베게, 2007)

45. 장 폴 사르트르, 『말』 (정명환 번역, 민음사, 2008)

46. 서태공, 『퇴사하기 전에 나도 책 한 권 써볼까』 (달아실, 2020)

47. Malcolm Gladwell, 『Outliers: The Story of Success』 (Back Bay Books, 2009)

48. 조승연, 『플루언트』 (와이즈베리, 2016)

49. 유시민, 『거꾸로 읽는 세계사』 (푸른나무, 1988)

50. 유시민, 『문과 남자의 과학 공부』 (돌베개, 2023)

51. 고은, 『순간의 꽃』 (문학동네, 2014)

Part 6 스타일로 차별화하기 Expressive

52. 유시민, 『공감필법』 (창비, 2024)

53. 어니스트 헤밍웨이, 『헤밍웨이, 글쓰기의 발견』 (래리 W. 필립스 엮음, 박정례 번역스마트비지니스, 2024)

54. 루트비히 비트겐슈타인, 『논리-철학 논고』 (이영철 번역, 책세상, 2020)

55. 왕카이푸, 『팔고문이란 무엇인가』 (김효민 번역, 글항아리, 2015)

56. 『조선왕조실록』(정조실록 51권), 정조 23년 5월 5일 임술 1번째 기사
"서학과 이가환의 집에 증직하는 문제로 이병모와 차대하다"
https://sillok.history.go.kr/id/kva_12305005_001

57. 시오노 나나미, 『체사레 보르자 혹은 우아한 냉혹』 (오정환 옮김, 한길사, 2001)

58. 니콜로 마키아벨리, 『군주론』 (김종원 옮김, 위즈덤하우스, 2017)

59. 시오노 나나미, 『로마인이야기 10 - 모든 길은 로마로 통한다』 (김석희 옮김, 한길사, 2002)

60. 시오노 나나미, 『남자들에게』 (2판, 이현진 번역, 한길사, 2002)

Part 7 스타일의 마무리

61. 구본형, 『익숙한 것과의 결별』 (을유문화사, 2007)

62. 스티븐 핑커, 『글쓰기의 감각』 (김명남 번역, 사이언스북스, 2024)

63. 강원국, 『나는 말하듯이 쓴다』 (위즈덤하우스, 2020)

64. 강원국, 『강원국의 글쓰기』 (메디치미디어, 2023)

에필로그, 작가 후기

65. 이어령, 김민희, 『이어령, 80년 생각』 (위즈덤하우스, 2021)

글, 스타일이 있다

초판 발행 2025년 1월 1일

지은이 김병용
펴낸이 이지성
책임편집 이지성
표지 디자인 신지현, 강가 디자인부
본문 디자인 강가 편집부
영어 번역 이지민
제작처 영신사

펴낸곳 강가
출판등록 2024년 1월 9일 제 389-2024-000004호
주소 경기도 부천시 오정구 고강로 98번길 16 302호
전자우편 gangga.publisher@gmail.com
홈페이지 gangga.co.kr
SNS instagram.com/gangga.2024
문의전화 010-4320-9084
팩스 0504 290 9084

ISBN 979-11-94138-15-0(03800)

김병용

2002년부터 KBS 보도국에서 기자를 시작했다.

정치부에선 청와대와 국회를 출입하며 '타인에 대한 영향력 싸움'의
실체를 보고 느끼고 전했다.

경제부와 산업과학부에선 '세상을 움직이는 돈의 힘'을 느꼈다.

사회부와 문화복지부, 시사보도팀을 통해 '사람들에 대한
진실한 스토리텔링'을 고민했다.

선거방송기획단에서 2020년 총선과 2022년 대선, 지방선거,
2024년 총선을 방송하며 '표를 얻으려는 자'와 '마음을 숨기는 자'의
끝나지 않는 승부를 전했다.

아침 뉴스 '뉴스 읽어주는 남자', '뉴스 따라잡기' 코너를 진행하며
스타일 있는 글쓰기와 말하기 노하우를 본격 고민하기 시작했다.

말로 먹고사는 쇼호스트 아내와 글로 먹고사는 기자 남편의 고민을
'스타일(Style)'로 풀어냈다.

말과 글을 전하는 미디어 플랫폼에 대한 '생존형 관심'으로
지금도 '유튜브와 넷플릭스의 다음은 과연 무엇일까?'가 고민이다.

학술

『유튜브에서의 TV 뉴스/시사 콘텐츠의 지속사용의사에 영향을 미치는
요인에 관한 연구: 기술수용모델을 중심으로』
(김병용·이영주, 커뮤니케이션학 연구 제31권 제2호, 2023.5, KCI등재)

『TV홈쇼핑과 온라인 쇼핑 이용에 영향을 미치는
요인에 대한 연구 - 구매 경험에 따른 차이를 중심으로』
(김병용·이영주, e-비즈니스연구 제24권 제5호, 2023.10, KCI등재)

메일

niceby@naver.com
2by8282@gmail.com

강가

강이 흐르는 곳에
출판, 작가, 언론의 공간

2024

1월 10일 설립
2월-10월 제1회 강가 공모전

신간 종이책 4종 4권 발행
『구름 아이들』『재생의 욕조』『옥시모론』『40 마흔의 숨』

신간 전자책 20종 20권 발행
『해찰』『독수리와 용』『늑대의 송곳니』『L에게』『하나뿐인 나의 작은 그녀』
『신짜오 베트남 1299일』『명자 꽃은 폭력에 지지 않는다』『격』『희열』
『봉순이의 전원일기』『고요와 함께』『그들의 방』『양과 지팡이』
『너에게 나를 보낸다』『음식담론』 등

2025

1월 『글, 스타일이 있다』 발행

메일
gangga.publisher@gmail.com

SNS
instagram.com/gangga.publisher
brunch.co.kr/@ganggapublisher

사이트
gangga.co.kr